KB139010

からだとはなす、
ことばとおどる

石田千

からだとはなす、ことばとおどる by 石田千

Copyright ⓒ 2016 by Sen Ishida
Originally published in 2016 by Hakusuisha Publishing Co., Ltd.
All Right Reserved
Korean Translation copyright ⓒ2024 by 1984Books
This Korean edition is published by arrangement with
Hakusuisha Publishing Co., Ltd. through CUON Inc.

Photo © Takanori Ishii

몸과
    이야기하다,
        언어와
춤추다

이시다 셴
서하나 옮김

1984BOOKS

나그네는 몸에 몇 개의 씨앗을 품은 채 고향으로 돌아간다.

자신도 모르는 사이 모자에, 신발 바닥에, 폭신폭신한 스웨터에. 씨앗은 딱 달라붙어서 바다를 건넌다.

그리고 여행했던 사실조차 잊어갈 무렵, 고향의 정원에 자그마한 꽃이 핀다.

항구 마을에서 부른 멜로디, 즐거웠던 술집의 활기, 만났던 이들의 그리운 얼굴. 자그마한 꽃은 추억이라는 여행의 기억을 활짝 피운다.

이처럼 언어에도 씨앗이 있었다.

이 책을 한국어로 옮긴 이는 신기한 인연으로 씨앗을 가져다주었다.

『몸과 이야기하다, 언어와 춤추다』는 일본에서 꽤 오래전에 출간되었다. 그녀는 일본에 머무는 동안, 어디에서 이 책과 만났을까? 도쿄 진보초에 있는 비어홀에서 처음 만났을 때 너무 기쁘고 즐거웠던 나머지 물어보는 일조차 잊고 말았다.

그날 이후 한국에 돌아간 번역가로부터 몇 차례 질문이 담긴 메일을 받았다. 문장 하나하나, 단어 하나하나 정성스럽게 번역하는 따뜻한 마음이 그대로 전해졌다.

그렇게 이번에 한국의 서점에 『몸과 이야기하다, 언어와 춤추다』가 놓이게 되었다. 하나 씨, 정말 고마워요.

옮긴 이가 이 책을 손에 들게 된 데는 분명 사진의 힘이 크다. 오랫동안 함께 작업해 온 사진작가 이시이 다카노리(石井孝典) 씨, 감사드립니다.

한국어판 출간을 위해 많은 분이 애써주셨다.

출판사 1984BOOKS, 주식회사쿠온(株式会社クオン) 관계자, 이 책의 일본 출판사인 하쿠스이샤(白水社) 관계자, 담당 편집자 스즈키 미도리(鈴木美登里) 씨 등 모두에게 감사의 말을 전합니다.

2024년 신록이 반짝이는 계절에
이시다 센

- 외래어는 되도록 우리말로 순화하려고 했으나 일본어 및 원어를 그대로 사용하는 것이 내용을 이해하는 데 더 적합한 경우에는 그대로 두었다.
- 단행본은 『』, 단편은 「」, 분라쿠나 가부키 작품은《》, 동요 및 노래 제목은〈〉로 묶었다.

만지다 ふれる

눈을 떴더니 명치에 물거품이 맺혀 있었다.

떨어뜨리지 않도록, 터지지 않도록, 조심조심 일어난다. 오한육온(五寒六溫) 같은 날들이 이어지고, 새벽 5시의 창밖은 어스름하다. 천천히 멀어지는 쪽빛 밤을 배웅한다.

우스운 소리만 잔뜩 쓰는 주제에, 얼굴도 씻지 않고 책상에 앉으면 장례식으로 향하는 듯한 묵직한 어두움이 에워싼다. 두렵다. 쓰기 싫다. 그래도 계속할 수 있는 일은, 이 일뿐.

마음과 기억은 아득히 멀리 떨어져 있고, 말과 진실은 훨씬 더 먼 곳에 있으니, 잠수하듯이 숨을 참는다. 글자를 늘어놓을수록, 이도 저도 아니라며 발버둥 칠수록, 어제의 물거품은 신선함을 잃고 탁해져 침묵한다. 쪼그라들까, 터질까, 썩을까. 그렇게 창이 눈부셔 올 무렵 단념하고 아침을 맞이한다. 물을 떠서 조부모님 사진 앞에 놓아두고 얼굴도 씻지 않은 추한 몰골로 손을 모은다.

당연하게 잃어버리는 매일을 붙잡고 싶다면서 쓰는 일은, 당치도 않은 소망이겠지. 말은 언제까지고 마음을 끌어안지 않으니 허무하다고 느끼는 순간, 모든 것이 멈춘다. 그래도 한껏 가까이 다가가고 싶으니까 그 이외 것들은 뒤로 미루어도 괜찮다. 이유는 모른다. 그렇게 하고 싶어서 그럴 뿐.

마음과 말이 같은 곳에 설 때는 오히려 책상을 향해 있을 때가 아니다. 공원으로 터벅터벅 걸어가 마음을 기대는 계수나무에 매달리고, 하트 모양의 부드러운 잎 아래에 손가락을 대어본다. 혹은 친구가 깨끗하게 정리해 준 푸성귀 뿌리를 집어 들어 물에 담근다. 이제 막 도착한 귤에 따스한 빛을 비추어 향기를 한껏 들이마시며 행복과 기쁨에 빠진다. 그러면 그 사람에게 하고 싶었던 말은 이런 것인데, 이렇게 말했으면 좋았을 텐데, 하고 깨닫는다. 또는 애써 감싸며 살아온 상처가 이제 더 이상 아리지 않는다. 언젠가의, 어느 덧의 결과가, 머리가 아닌 물길을 따라 흘러내린다.

몸과 마음과 말에 서로 시차가 생기니 일상의 장면에서 이들을 거의 살리지 못한다. 한 사람 분의 몸에서도 도심의 교차로처럼 동시에 수많은 것이 이리저리 교차한다. 친구들에게도, 가족에게도, 아픈 사람, 그리운 사람에게조차, 상냥한 말을 건네지 못한다. 때를 놓치고 우물우물 공기만 집어삼킨다. 소망하는 일의 절반도 목소리와 행위로 이루어 내지 못한다.

이런 바보에게 살갗에 닿은 기억 같은 건, 별의 절기에 가까운 행운이었다.

이제야 깨달았다.

가령 감기에 걸려 병원에 간다. 가까이에 의지할 병원이 있으니 참 고맙다.

아버지와 동갑인 나이 든 의사가 어디가 불편하냐고 묻는다. 열이 38도이고, 관절이 저려요. 목이 아파요. 하나씩 하나씩 천천히 늘어놓을 정도로, 목과 기침 사이, 목소리와 숨의 경계, 척추의 틈새와 시차에, 다 전할 수 없는 아픔이 맥박을 울려, 말이 이어지지 않는다.

하나하나 글자로 옮겨 적은 의사는 뒤로 돌아보라고 말하며 청진기를 댄다. 숨을 내쉬고 들이쉬라면서 견갑골 부근을 가볍게 두드리며 울림에 귀를 기울인다.

감기에 걸릴 때마다, 의사는 등에 있는 점을 보겠지.

그러자 평상시에 신경 쓰지 않았던 작은 점이 존재감을 드러낸다. 그것도 옷을 입으면 그대로 잠잠해져 잊는다. 처방전을 받아 약을 지어 돌아올 무렵에는 손발도 따뜻해지고 가벼워져 일주일 분의 약을 다 먹지 않아도 낫는다. 약보다는 모르는 것을 말하고, 다른 사람은 보아도 정작 자신은 평생 보지 못할 것을 드러내는 안도가 훨씬 효과가 있다.

얼음 베개에 머리를 대고 눈을 감으면 이런 마음 곁에

머무는 것은, 오히려 타인이다.

　오한을 견디며 잠옷으로 갈아입는다. 이불을 뒤집어 쓰고, 몸을 둥글게 웅크리고 기침하면, 점이 있는 바로 그 곳이 무겁게 울린다. 팔을 뒤로 돌려 만져보니 살짝 불거져 있다. 목욕탕 거울로 살펴본다. 왼쪽 견갑골 아래. 약기운이 도니 졸음이 몰려온다. 젊었을 때부터 배고픔보다 밤샘이 견디기 힘들었다. 먹는 것보다, 자고 싶다.

　아이누(アイヌ)[1]의 이야기에서 죽은 사람은 자기 몸의 미간에 앉아 그 장소를 바라본다고 한다. 그게 정말이라면 누군가에게 죽은 몸을 뒤집어 달라고 부탁해 두어야지. 본 적 없는 머리 가마와 점에 이별을 고하고 연기가 되고 싶다. 잠결에 소원을 빈다.

　혹은 미술관에 간다. 왔다 갔다 서성이다 멈추고, 한곳을 응시하며 가까이 다가간다. 만드는 이의 생애는 배움과는 또 다른, 이성과는 또 다른 곳에 있는 항아리에 한 방울 한 방울 떨어져 담긴다. 세세한 사정이 항아리에 가득 차 넘쳐흘러도, 체온과 눈빛, 반복해서 올린 붓질과 남은 숨결은 고스란히 담긴다. 항아리는 따스함이 살포시 깃든

1　동아시아의 옛 종족으로 일본의 홋카이도(北海道)나 사할린, 쿠릴 열도에 거주했지만 현재는 주로 홋카이도에 거주하는 원주민이다. 지금은 2만 명 정도가 남아 있으며 인디언처럼 아이누족도 그들만의 고유한 사상과 문화를 지니고 있다.

살결이 되어 찰랑찰랑 채워진다. 행복함에, 몸을 살랑인다.

그런데도 건물에서 한 발짝 밖으로 나와 오늘의 바람을 들이마시는 순간, 항아리는 어딘가로 굴러간다. 목소리가 되는 것은 좋았네요, 이 한마디뿐. 늘 이렇다. 맥이 빠진다.

느낀 것이 몸에 스며들기도 전에 목소리가 앞선다. 세세하게 늘어놓을수록 실상은 흐려진다. 서둘러 다른 이야기를 꺼내는 목소리가 한심스럽다. 저 높은 곳에 있는 작은 구멍을 향해 공을 던지는 것 같다. 땅으로 떨어져 튕겨 나가, 점점 더 멀리 통통 굴러간다.

몸과 마음을 말로 잘 엮을 수 있으면 좋으련만. 도무지 잘되지 않는다. 이인삼각에 비유하면, 말은 몸과 묶이면 넘어지고, 마음과 묶이면 뒤엉킨다. 삐걱거리며 앞으로 나아가지 못한다. 셋의 발을 묶으면 더한층 엉킨다.

통통, 통.

공은 굴러가다 결국 멈춘다.

오늘 아침에도 좋아하는 나무 앞에서 체조를 했다.

나무에 기대어 몸을 비튼다. 벌레가 먹고 잎이 마르고, 거미줄이 쳐져 있어도, 나무는 모두에게 공평하다. 새에게도 고양이에게도 채소에게도 좋은 일이다. 생명을 지닌 존재들이 평온하게 지내고 수명을 공평하게 받아들이며 생애를 누린다. 그런 와중에 과학과 문명으로 장식된 도시에서는 벌거벗은 몸을 보이며 다니면 안 된다고 되어 있다.

갖출 것 다 갖추고 벌거벗은 몸으로 태어났는데 왜 거짓말이나 서투른 장식을 두르고 싶어 허우적댈까? 그것을 지혜라 여기고 허우적대는 것이 일이라는 것일까?

다시 올려다보아도 나무는 아무 말 없다. 그리고 손가락을 하나씩 젖혀보았다.

두 손은 몸에서 가장 친밀하고, 세상과 정직하게 관계를 맺는다. 사십도 중반을 넘어서니 낯가림이 있다면서 마냥 도망만 칠 수 없어, 사교의 장에서는 힘껏 팔을 뻗어 악수를 해본다. 힘 있게 손을 잡는 사람, 두 손으로 살포시 감싸는 사람, 차가운 땀, 따스한 주름, 마르고 희미해져 사라질 듯 사라지지 않는 지문. 겨우 2초 맞닿은 손의 외침에 나도 모르게 얼굴을 들어 상대의 눈을 들여다본 적도 있다. 똑같이 솔직하게 전해졌는지 마음이 쓰인 일도 있었다.

손가락 하나하나에도 저마다 특기가 있을까. 얼마 전한 책이 몸을 그대로 앗아갔을 때 전화가 걸려 와 흠칫 놀라 웅크렸다. 그때 처음, 글자를 짚어가던 손가락이 약지였다고 깨달았다. 그동안 주의 깊게 보아야 할 때면 검지를 쓴다고 알고 있었는데.

본가에서 고양이를 키우던 무렵, 고양이의 그 좁은 이마를 약지로 쓰다듬으면 좋아했다. 힘이 들어가지 않으니 저절로 부드럽게 쓰다듬었을 것이다. 고양이는 골골 목을 울리고, 인간의 약지는 가지런히 난 털에 소용돌이를 일으키며 사람보다 높은 체온을 기분 좋게 즐긴다. 그러다 결국 참지 못해 배에 얼굴을 묻고, 쿵쿵 냄새를 맡으며, 푹 빠진다. 책 속, 펜의 흔적에 심신을 맡길 때도 그렇게 교감하는 즐거움에 빠진다.

거울에도 엑스레이에도 찍히지 않는 장기의 존재를 무의식의 동작을 모아 찾는 것 같다. 평생 대면할 일 없는 머리 가마나 목덜미의 움푹 파인 곳보다도, 바로 이거라고 분명하게 알기가 더 어렵다. 그런데도 다른 이는 쉽게 발견한다.

몸은 본인은 물론, 다른 사람에게 무언가 도움이 되도록 궁리되어 있다. 손이라면 씻는데 편리하고 맨손으로도 바로 일을 할 수 있다. 의사 같은 인술이 없어도 조금은 기분 좋게 할 수 있다. 그런 힘을 가장 많이 지닌 이는 갓난아기다. 태어난 지 얼마 안 된 부드러운 손에 닿으면 금세 모든 것이 충족된다.

어릴 때 이 손에 마법이 있을지 모른다며 고민했다. 해가 갈수록, 좋아하는 사람일수록, 망설임이 뒤엉켜 제대로 잘 다룰 수 없게 되었다.

유치원에 함께 다니던 남자아이는 눈이 크고, 햇볕에 그을려 있었고, 다리가 가늘었다. 밤비 같았다. 윗반이 되면서부터는 매일 둘이 20분 정도 걸어서 다녔다.

조금 특이한 유치원으로, 첫해에 나는 매일 우는 엄청난 문제아였다.

"이것도 지코 쨩이 눈물을 닦아서 생겼잖아. 하나, 둘."

할머니는 함께 목욕할 때마다 오른쪽 손등과 왼쪽 손목에 난 점을 울보 점이라면서 쓰다듬었다. 두 번째 해가 되자 조금 익숙해졌다. 하지만 가르치던 선생님은 어린아이가 보기에도 감정의 기복이 있는 사람이었다.

선생님의 기분이 안 좋은 날 아이들은 몸을 잔뜩 움츠렸다. 그중에서도 함께 다니던 밤비는 느닷없이 혼날 때가 많았다. 얌전한 밤비는 입을 꾹 다물고 눈에 눈물만 가득 머금었다. 그런 불운이 줄곧 이어졌다. 그리고 어느 날부터 밤비는 전처럼 말할 수 없게 되었다.

그런데 신기하게도 노래할 때만은 스스럼없이 목소리가 나왔다. 그래서 등하원 길에 노래하는 일이 잦아졌다. 유치원에서 노래할 때는 자리에서 일어났다. 옆자리에 있는 친구와 손을 잡았다. 그래서 걸으면서 누가 먼저랄 것 없이 지난번에 외운 노래를 불러보자며, 당연하게 손을 잡고 노래를 불렀다. 그 상태로, 손을 잡았던 그 상태로 이야기를 이어가면, 밤비는 막힘없이 말했다.

나는 텔레비전에 빠져 살던 아이여서 손을 잡으면 마법에 걸려 괜찮다고 생각했다. 그래서 공작 시간에도, 손을 씻으려고 줄을 서 있을 때도, 어김없이 밤비의 손을 꽉 잡았더니 싫어했다. 설명하면 마법이 사라진다고 믿어 말도 못했으니, 싫어하면 서러웠다. 그러다 결국 울먹이면 이유를 밝히지 못해 또 혼났다.

　결국 마법의 효과를 본 적은 딱 한 번이었다. 기분이 언짢던 선생님이 같이 일어나라고 했다. 새끼 사슴인 밤비는 왼손잡이였다. 손등으로 눈물을 훔치느라 정신이 없었다. 다시 둘이 노래를 불러보세요. 선생님이 피아노를 치기 시작했다. 주문은 모른다. 반소매 밖으로 쭉 뻗은 팔은 길고 가늘고 햇볕에 그을려 있었다. 가운뎃손가락을 힘껏 펴서 오른손을 잡았다. 둘 다 손바닥에 땀이 났다.

　노래를 부르기 시작하자 피아노가 멈추었다.

　"너희는 노래를 부를 때 왜 입을 크게 벌리지 못하니?"

　유리를 긁는 것 같은, 몸을 움츠러들게 하는 목소리가 쏟아졌다. 밤비가 손을 꽉 잡았다.

　깜짝 놀라서 옆을 보자 크게 숨을 들이쉬는 소리가 들렸다.

　"감기에 걸려서, 목이 아파서 그래요."

　처음에는 컸던 목소리가 점점 움츠러들었다. 그리고 다시 왼손으로 눈꺼풀을 훔쳤다.

그날 이후 서서히 예전처럼 이야기할 수 있게 되었다. 함께 집에 가는 친구도 늘어나 노래를 부르는 일도 없어졌고, 함께 잡던 손도 멀어져 마법도 줄곧 지켜왔던 비밀도 싱겁게 잊혔다. 초등학교가 달라 같이 노는 일도 없어졌다. 걱정하던 부모와 병원에 다녔다고, 어른이 되어 엄마에게 들었다. 지금은, 이렇게 말할 수 있다. 이렇게 말할 수 있으니, 마법은 사라졌다. 진보는 퇴화.

언제였을까. 비가 내리던 밤길에 집으로 돌아가다가 우산 바깥으로 손을 뻗었다.

손바닥을 둥글게 모아 아파트까지 걸어가는 사이, 자그마한 물웅덩이가 생겨 있었다. 그대로 털어버리기 아쉬워, 볼에 적셨다. 비는 살결에, 눈물 같았다. 볼에 넘쳐흐르는 부드러움에, 나도 모르게 따라서 눈물이 복받쳤다.

초등학생이 되면서부터 다른 사람 앞에서 울지 않게 되자 턱이 단단해졌다.

힘줄이 불거진 손에는 울보 점이 남아 있고, 울먹일 때마다 볼을 감싸 눈물을 멈추게 해주었던 커다란 손, 눈물을 닦던 엄지손가락의 듬직함을 안다. 어깨에 팔을 올려 묵직하게 누르고, 등을 쓰다듬고, 소용돌이를 그리고, 나의 모든 손가락으로 필사적으로 잡았다. 본능적으로 움직이는 순간에는 천만 가지 말도 소용없다. 어쩌면 그렇게

만지고 감쌌던 이런저런 것을 글로 남기고 싶어 발버둥
치는지 모른다.

　저 멀리 이국까지 가지 않아도, 말이 필요 없는 대화는
평생 손에 닿는 감촉과 체온으로 새겨져 홀연히 모습을
드러낸다.

　가장 친숙하고 먼 동네는 고향. 그곳과 똑같이 소중한
누군가. 나아가 홀로 향하는 이 여행은 아득히 먼 생이 다
할 때까지 이어진다.

건너다 わたる

올해 봄은 꽤 길다. 서글픈 소식이 연이어 들려와 시내에도 나가지 않았다.

한 달 동안, 쌓인 집안일을 느릿느릿하며 보냈다. 자그맣게 싹이 난 화분을 밖에 내놓으려고 창문을 열자 비의색에서 그리움이 묻어났다. 차가운 비를 맞으며 서 있는나무도 전신주도 어딘지 불안한 선을 그리며 공기와 맞닿아 있었다. 흙냄새가 뒤섞인다. 졸업식 무렵의 비였다.

하얀 입김이 익숙한 집 밖 풍경에 스며든다. 모두 과거가 된 생명의 마지막 인사처럼 하늘로 올라간다.

윤곽도 소리도 없다. 하지만 들었던 말, 했던 이야기,한껏 웃던 목소리가 귓속에서 이렇게 둘만 있을 때도 없었다는 듯 들려온다. 그 일만은 기억하라고 당부하는지,붙잡고 싶은 손의 힘이 너무 강한 건지. 그런데 바라보던입김은 눈보다도 더 빨리 사라진다.

한 달 남짓, 차가운 공을 끌어안고 있는 듯했다.

오늘 아침은 그 공에 체온이 희미하게 전해진 느낌이들었다. 전구처럼 얇고 깨지기 쉬운데도, 오므라들고 부풀기도 하면서 천천히 흔들린다. 때로는 던지며 강하게 튕긴다. 이런 공을 따라가는 일도 어른이 되는 것일지 모른다.

봄에는 언제나 익숙해지지 않는다. 젊을 때는 마음을 어떻게 할 줄 몰라 갈팡질팡했고, 지금은 몸과 피의 순환이 겨울에 남겨져 있다. 마음과 몸이 모두 속수무책이 되었다. 나이가 들면 죽음조차도 사람을 졸업하는 일쯤으로 여기게 되겠지 생각했다. 그런데 어림없었다. 올해 일흔일곱이 된 엄마는 지금도 죽음이 무섭다고 했다. 더군다나 앞으로 점점 더 서툴러지는 일만 늘어난다니, 두렵다.

엄청난 겁쟁이여서 피구를 할 때는 도망치기도 전에 주저앉았다. 몸을 둥글게 움츠린 채 공을 맞았다.

뺏는 것도 던지는 것도 맞는 것도 사람에게 공을 맞히는 일도 싫어했다. 떠올리기만 해도 얼굴이 찌푸려진다.

"눈 감지 마. 여기로 던져서 다시 해보자."

담임 선생님이 체육 시간에 마주 보고 서서 노란 공을 던져주었다. 가슴 근처에서 공을 받은 순간, 폐에서 등까지 진동이 전해졌다.

콜록 하고 기침이 나왔다. 공이 날아 들어온 기세에 겨울잠이 끝났다.

가르듯이 언덕을 내려온 버스가 철도 건널목을 넘어간다. 살던 동네는 어른 걸음으로 20분 이상 더 걸렸다. 이

곳은 변했고, 변하지 않았다. 두부 가게, 화과자 가게, 장어집, 자전거포, 반찬가게 등 가게들이 적당히 늘어서 있는 상점가를 올라가 큰길을 건넌다.

큰길. 그렇게 우기는 것은 초등학생 아이들의 목소리. 지금은 열여덟 걸음이면 다 건널 수 있다.

다쳐서 실려 간 병원은 다른 이름으로 바뀌어 있었다. 40년 전 왼쪽 뒤꿈치를 꿰맨 상처는 지금도 불거져 흉터로 남았다.

뒤꿈치의 하얀 뼈와 붉은 살을 보았던 일, 뒤를 돌아보니 길에 피가 뚝뚝 떨어져 있었던 일. 엄마, 나 다친 것 같아. 마치 남 일처럼 말했던 일.

다른 건 다 잊었다. 만져서 느껴지는 감각이 오른쪽보다 멀다. 그 둔함이 그 무렵의 고통과 불편함도 잊게 했다.

그 후에도 몸 안팎 여기저기에 칼자국이 남았다. 그런데 살면서 뒤꿈치에서만 위화감이 느껴진다. 의학의 진보 덕분일 것이다. 그리고 그 이후 어느 때보다도 다섯 살의 눈이 그 장면을 가만히 바라보고 있다.

죽음 따위 안중에도 없던 그때로 돌아가기에는 이미 너무 많은 것을 알아 단념하고 만다. 화가가 말년에 어린아이가 그린 듯한 그림에 이르게 되는 것도, 그 맑은 눈을 동경해서일지 모른다.

그 무렵에는 몸이 약하다는 사실도 몰랐다. 타협하는

법도, 단련하는 법도, 피하는 법도 몰랐다. 신나게 놀다가 아파서 누우면, 왜 이렇게 몸이 약하냐며 지긋지긋해했다. 이런 일이 거듭되어서야 줄곧 몸이 약했다고 깨달았다. 그리고 아직도 튼튼한 몸이 어떤 몸인지 잘 모른다. 어떻게 다들 그렇게 건강할까? 부럽다는 생각이 들지 않으니 더 멀어진다.

초등학교를 방문한 날은 토요일이었다. 역시 비가 내렸다. 3년 동안 이 학교에 다녔어요. 견학하러 가도 될까요? 교장 선생님에게 편지를 썼더니 바로 따스한 답장이 돌아왔다.

중앙 분리대에 심긴 매실나무의 꽃이 만개해 있었다. 지나가던 아이들이 그 화단을 지금도 그린벨트라고 불러서 흐뭇했다. 봄꽃을 바라보던 키가 떠오른다. 일곱 살이었는데도 책가방이 무거워 어깨가 뭉쳐 있었다.

예전에 살던 사택 부지는 나뉘어져 같은 모양의 집이 네 채 나란히 서 있었다. 동급생의 집은 아직도 변함없이 그곳에 있었다. 공원을 둘러싼 나무가 꽤 과감하게 잘려나가 있었다. 울창한 숲이나 어두컴컴한 곳이 얼마나 위험한지도 모른 채 놀 수 있어 행복했다. 신축이었던 아파트가 낡은 것을 보고서야 그만큼이나, 그보다도 나이를 더 먹었구나. 하하, 목소리가 나와 안심했다.

교정이 보이기 시작했다.

체육관은 그대로였지만 수영장은 사라지고 없었다. 교문을 지나자 철봉과 은행나무가 눈에 들어왔다. 신기하게 오랜만이라는 생각은 들지 않았다. 마치 어제도 이곳에서 연습한 것처럼 오늘도 이제부터 연습해야 할 듯이 조급해질 뿐이었다. 바로 어제 일 같다. 이 말 그대로 다리도 기분도 조급해지는 까닭은, 머리가 어떤 판단을 내려서일까? 흥미롭다.

운동은 대부분, 그중에서도 철봉, 팔굽혀펴기, 수평 사다리 건너기, 매달리기, 팔 힘이 필요한 것은 모두 젬병이었다. 달리고 뛰는 게 그나마 나았던 이유는 다른 아이들보다 머리 하나 정도 더 컸기 때문이었다.

잘하는 아이는 방과 후나 쉬는 시간에 철봉이 있는 곳으로 달려갔다. 철봉을 빙글빙글 도는 아이를 따라서 나도 철봉을 잡아보지만, 잘 돌지 못해 재미없었다.

"이렇게 하면 손이 반들반들해지니까 잘 돌 수 있어."

은행나무 줄기에 손바닥을 문지르면 반들반들해진다.

벌써 창립 50주년이 지났다고 했다. 이 은행나무도 분명 그만큼 나이가 들었겠지.

손바닥으로 문질러 본다. 마찰열과 울퉁불퉁한 나무껍질. 은행나무는 거칠고 볼품없는 지문까지도 빨갛고 뜨겁고 반들반들하게 해주었다.

〈교가〉

우메자키 하루오(梅崎春生) 작사
히라이 고자부로(平井康三郎) 작곡

연하고 푸르른   먼 산에서
물이 졸졸   반짝이며 흐른다
무사시노의 땅   풍요롭고 비옥해
어린나무들이 일제히   가지를 뻗는다
무슨 나무지
우리 이 땅에 태어나
튼튼하게   우리는 자란다
도요타마미나미초등학교

창으로 보면   푸른 하늘 저 멀리
뻗어가자 살아가자며   새들이 저마다 지저귄다
비에도 폭풍우에도   굽히지 않고 지지 않고
대지에 튼튼하게   뿌리를 내린 커다란 나무
무슨 나무지
우리 여기에서 배운다
자랑스럽게   우리는 노래한다
도요타마미나미초등학교

교가 기념비 앞에서 불렀다. 오기 잘한 이유가 두 가지 있다. 머릿속에서 1절과 2절 가사가 뒤섞여 있었고, 교가를 작사한 우메자키 하루오가 근처에 살았다고 한다.

부교장 선생님이 학교 안을 안내해 주었다.

1층에는 도서실이 환하게 자리하고 있었다. 과학실, 교무실, 교장실에는 신세를 진 4대 교장 선생님의 사진이 있었다. 낮은 수도꼭지, 썰렁한 복도, 그림도 글자도 고심해서 만든 포스터. 진짜 목소리나 발소리는 들리지 않으니 기억 속 학교에 우두커니 서 있었다.

옥상에 있는 수영장에서는 이케부쿠로와 신주쿠에 자리한 높은 빌딩이 보였다. 정말로 두 개의 세이부선 전철 사이에 있었구나. 자료실에 전시된 졸업 앨범에 담임 선생님 사진이 있었다. 수업을 받던 그 시절보다 더 젊어 보였다. 이 초등학교가 개교했을 때부터 근무했다고 알게 되었다.

2학년 교실 창가에는 하얀 뿌리를 길게 뻗은 히아신스가 나란히 놓여 있었다. 만들기 작품이 훌륭했다. 비닐장갑을 부풀려 이리저리 궁리해 토끼나 물고기를 만들어 놓았다.

국어, 체육, 도덕, 독서.

네 시간 수업의 시간표에 독서 시간이 들어 있었다. 급식을 먹고, 밖에서 놀고, 초등학생은 바쁘다. 줄넘기 줄이 떨어져 있었다. 이런 걸로 어떻게 뛰었을까 생각이 들 정도로 짧다. 속바지인 블루머스를 입고 뛰다가 발에 걸리면 철썩 맞아 아팠다. 허벅지와 무릎은 하얀 가루를 뿌린 것처럼 터 있었다. 자그마한 의자에 앉으니 책상이 무릎에 닿아 붕 떴다.

어느새 이렇게 자랐구나. 놀랍기도 하고 넌더리도 나면서 세월의 자기력에 흔들린다. 전철을 타면 마치 어른이라는 듯한 얼굴을 한다. 숙취의 힘겨움과 피안의 그림자를 떠올리며 맥주의 맛도 눈을 질끈 감고 참을 줄 알지만, 결국 마지막에 능청스럽게 용인하던 절망을 떠올린다.

전학하던 봄, 외로움과 기침으로 잠들지 못한 채 이불 속에서 소리 죽여 울었다.

마쓰쿠라(松倉)에서 난 외톨이야. 지금 이곳에 모이는 작은 사람들에게도 나와 같은 밤이 있겠지. 자그마한 몸으로 짊어지고 있다.

창 저편에서 철봉과 은행나무가 비를 맞고 있다. 아침 조례 단상과 커다란 태산목. 학교 문장에도 태산목잎이 장식되어 있다. 단순한 형태의 잎과 커다랗고 하얀 꽃. 태산목을 지금도 좋아하는 이유는 매일 보았으니까.

아이는 매일 아침 횡단보도를 내달렸다. 집요할 정도

로 신중하게 왼쪽, 오른쪽, 왼쪽을 살폈다. 진짜 오른쪽 왼쪽을 구분하는 일에는 전혀 자신이 없었다. 그리고 쭈뼛쭈뼛 손을 들고 다 건너면 뒤돌아보았다.

신호가 바뀌고 차가 지나다닌다. 아, 다행이다. 짧은 팔과 다리로, 자그마한 머리에 노란 모자를 쓰고, 매일 아침 필사적으로 살아남았다.

드디어 오늘은 제대로 돌보지 않고 아무렇게나 써온 몸을 남아 있던 의자에 앉혔다.

어른은 정말로 나보다 힘든가요?

복도 끝, 신발장, 계단참에서, 까치집을 지은 단발머리가 뒤돌아본다. 언제나 다른 아이들보다 뒤처져 있었으니 곧장 건너면 되었는데도 무서워서 꼭 멈추었다.

내가 보러 왔는데 줄곧 나를 보고 있었다.

먼 교실에서, 이제는 만날 수 없는 아이와 함께 있다.

돌아보다 ふりむく

잠음 소리에 얼굴을 들었다. 라디오였다. 그 너머에 있는 커튼이 차가운 바람에 파도를 친다. 섬광과 함께 우렁찬 사자의 소리. 뇌신이, 도시의 저녁에 모습을 드러낸다.

다시 여름이 오는구나.

낮잠을 너무 많이 자 멍한 눈으로 아이스크림을 뜬다. 금세 비가 내린다. 건너편 지붕을 지워버릴 만큼 하얀 폭포가 되어 세상이 한층 더 말끔해진다.

어제부터 갑자기 더워져 몸이 습도를 따라가지 못한다. 중학생 때 허들을 넘다 뒤꿈치가 걸려 넘어지면서 스파이크 신발 바닥에 무릎을 찍혔다. 그때 생긴 상처가 시큰거린다. 노안이 시작되면서부터는 목과 양어깨에 500그램짜리 고깃덩어리를 올리고 있는 것 같다. 그런 것들이 비바람에 그대로 다 쓸려나가 가벼워졌다.

오늘 밤은 푹 잘 수 있겠네.

이제 막 일어났으면서 벌써 잠들 시간을 기다린다. 요즘에는 잠자리에서 알래스카 영상을 본다. 하루의 마지막을 곰이나 토끼, 순록이 차지한다. 소들은 마치 밀어내기 놀이를 하듯이 서로 딱 달라붙어 한가운데에 둔 새끼를

적으로부터 보호한다. 모두 척박한 땅에서 야생의 털로 살아간다.

여름이 되면 낮에는 집에 머문다. 수첩 상으로는 어제까지가 봄이었다. 정오에 맞추어 볼일이 있었다. 오늘부터 약속은 모두 4시 이후. 이것도 서머타임이라 불러도 될까? 잘 모르겠다.

어제는 올해 처음으로 밀짚모자를 쓰고 밖을 나섰다. 지하철역에서 나와 진보초(神保町)[1]의 교차로에 섰는데, 길 건너에 똑같이 밀짚모자를 쓴 아저씨가 있었다. 여름 날씨라고 들으면 모자를 써야 한다. 어느 세대까지 이렇게 생각할까? 멍하니 생각하다 잘 보니 아저씨는 검은색 테의 둥근 안경을 쓰고 목에 수건을 두르고 있었다. 그걸 깨달은 순간, 무너져 내렸다.

신호가 바뀌었다. 어금니를 꽉 깨물고 숨을 참으면서 고개를 숙이고 스쳐 지나갔다. 아저씨가 아니라 할아버지였다. 어깨너머로 확인하고 건널목을 다 건넌 뒤, 망설이다 뒤를 돌아보았다. 뒤돌아보는 미세한 공기는 모르는 사람에게는 닿지 않는다. 횡단보도에 무수히 많은 발자국이 철썩철썩 밀려와 뒤섞이다가 고요해진다. 여기에는 수많은 기억이 있다. 그 기억들은 밟히고 닳고 닳아 뭉개졌다. 밀짚모자는 아까 나온 지하 계단으로 사라졌다.

---

1 세계 최대 규모의 서점가로 특히 고서점가로 유명하며, 출판사도 많이 자리하고 있다.

아예 다른 사람인데도 닮았다. 그 사람은 이제 없다.

여름이 되면 비슷한 옷차림을 하던 사람이 있었다. 손자도 있었지만, 아직 아저씨로 통했다. 그런데 워낙 수다쟁이라 스스로 아줌마라고 말했다.

병문안을 가서 함께 바닐라 아이스크림을 먹었다. 그것이 마지막이었다. 그가 세상을 떠난 9월은 아직 무더웠다. 아이스크림은 병실 벽과 칸막이 커튼, 면회실 테이블의 색. 깊은 눈 속에 툭툭 놓여 있었다. 장례식장에서 밤을 새던 날은 저녁 소나기가 좀처럼 그치지 않았고, 천둥이 불경을 읽는 걸 자꾸만 방해했다.

책의 일을 하던 사람이어서, 자주 여기에서 그렇게 우연히 만났다. 그가 세상을 떠난 후 한동안 진보초에 가는 게 꺼려졌다. 그랬는데 시원해지고, 추워지고, 해가 바뀌고, 눈이 내리고, 벚꽃이 피는 사이 방심했다.

나이도 먹을 만큼 먹은 여자가 길 한가운데에서 목에 수건을 두른 할아버지를 돌아보고 울먹이다니, 젊었을 때는 생각도 못 하던 일이었다.

"그럴 때는 떠올려 주기를 원해서 놀러 왔다고 생각하면 돼."

언제였을까. 다정한 사람이 이렇게 위로했다. 마지막에 했던 당부를 게을리해 감시하러 왔는지도 모른다. 그 할아버지를 본 순간 무너져 내렸다. 슬프다거나 그립다는

38

감정보다, 전류나 뜨거운 냄비 뚜껑을 만진 듯한 반응으로, 감정은 오히려 그 후에 줄줄이 밀려왔다. 보았다거나 떠올렸다기보다, 수신과 비슷했다.

지금보다 한참 어렸을 때 열두 살 정도 많은 선배와 병문안을 간 적이 있었다.

잠든 이에게 고통은 없다. 지루하기도 하고 속세에 두고 온 일들이 신경 쓰여 자리를 병실에서 면회실로 옮겼는데, 엘리베이터 앞에서도 자꾸만 붙잡으려고 했다. 그런데도 선배는 어느 정도 연락을 끝내더니 이제 그만 갈게, 또 올게, 하는 말만 반복할 뿐이었다.

이제 곧 잠드는데 말이야.

그거야 당연하지, 자는 게 일이잖아.

선배는 그 말의 속뜻을 알면서도 모르는 척, 도망치듯이 엘리베이터 버튼을 눌러 닫았다.

다시 한번 집에 돌아갈 수 있을까. 아픈 이는 물었었다. 그러니 조금이라도 함께 더 있어주면 안심할 텐데. 그런데 병원을 나오자마자 선배는 맥주나 마시고 돌아가자고 했다. 그럴 거면서 도대체 왜? 친구라는 사람이. 입 밖으로 꺼내지 않았지만, 서두르는 뒷모습을 보며 굳은 얼굴로 언덕을 내려갔다.

벌써 20년도 더 지난 일이다. 그때는 지금보다도 생각이 얼굴에 더 잘 드러났다.

한번 싫은 생각이 들면 턱에 힘이 들어가고 이마가 굳어지면서 웃고 싶지도, 말하고 싶지도 않았다. 억지로 말하면 낮은 목소리에 날이 서서 이상하게 울렸다.

맥주를 마시러 갔지만, 입은 다물었다.

"꽤 열심히 이야기하더라."

선배는 거나하게 취해 있었다.

당부하고 싶은 말이 있었겠지요. 속세에서의 친했던 사이로 돌아가기를 거부했다.

흐음. 선배는 텔레비전을 올려다보았다. 그리고 아주 천천히 말했다. 듣지 않아도 될 이야기까지 남기고 가버리면 괴로워.

그 누구보다 다른 사람을 잘 챙기고, 자기 이야기를 하기보다 남의 이야기를 잘 들어주는 사람이었다. 그런 사람도 이런 약한 소리를 하는구나. 대꾸하지 않고 맥주만 따라주었다.

"뭐든지 다 들어둔다고 무언가가 크게 달라지는 것도 아니고."

다시 헤헤 웃으며 느슨해지더니 맥주는 관두고 일본 술을 주문했다.

갈수록 이날의 일이 자꾸 떠오른다.

생명의 썰물을 접할수록, 함께 나누었던 시간을 반으

로 나누어 간직하고 싶어진다. 그날 밤 그 선배는 눈물을 훔쳤을지 모른다.

두 사람 분을 다 짊어지지 못해 힘에 부친다. 마음이 다정한 사람일수록, 총명한 사람일수록, 남겨지면 쓸쓸하다는 걸 어려서 알지 못했다.

확실히, 전부, 미련이 남지 않도록. 먼저 가는 이를 위해서는 이게 가장 낫다고 생각했다.

"무슨 생각 했어?"

"옛날 생각."

할머니는 후후 웃어넘겼다. 분명 이런 대화가 겨우 오가는 정도였다. 언제부터 이야기가 이어지지 못하게 되었는지 확실하지 않다.

사람에게 생기는 변화는 오케스트라 연주처럼 자자자장 하면서 느닷없이 일어나지 않는다. 조짐은 언제나 찰랑찰랑 아슬아슬하게. 나중에서야, 그러고 보니 그 무렵부터 시작된 거 같다고 깨닫는다. 남겨진 사람들끼리 작은 목소리로 응시하며 언젠가의 장소를 포갠다.

매일의 작은 위화감이 속도를 높여 더 이상 돌이킬 수 없게 된다. 실제로 살아보니, 한순간에 완전히 변하는 일은 흔치 않았다.

갓난아기에서 아이가 되고 소녀가 되어, 이제 전철표는 어른 버튼을 누른다. 그래도 다음날 아침은 그저 똑같은 아침. 그런데 중학생 때, 아침에 눈을 떴더니 불현듯 사랑에 넌더리가 났다. 학교에 가고 싶지도 그 사람 얼굴도 보고 싶지 않아, 아침 조례 시간의 정신없는 틈을 타 빠져나왔다. 한순간에 변한 일이라면 이 일밖에 떠오르지 않는다.

현대를 사는 할머니는 강에 빨래하러 갈 필요가 없다. 텔레비전을 보고, 낮잠을 자고, 밥을 먹고, 약을 먹는 게 일상이다. 숫기가 없어 이웃 노인들 틈에도 섞일 생각을 하지 않았다. 말 상대는 부모님과 가끔 찾아오는 언니와 남동생, 여동생뿐이었다. 엄마는 집안일을 다른 사람 손에 맡기지 못하는 성격이라, 할머니가 빨래를 개는 일 정도만 했다. 하지 않으면 못 하게 된다는 걸 주변 사람들은 진즉에 알고 있었지만, 하고 싶어 하지 않는 일을 억지로 시키지는 않았다.

본래 말수가 적고 다른 사람의 말을 잘 들어주는 사람이었다. 가족이 알아채기 훨씬 전부터, 끄떡이거나 맞장구치거나 웃음소리를 섞으며 이해하지 못해도 참고 있었을지 모른다.

그러더니, 할머니 올해 연세가 어떻게 되시지? 점심 뭐 드실래요? 어제는 뭐 하셨어요? 이런 모든 질문에 잘 모르겠다면서, 미소를 지으며 머리를 옆으로 흔들게 되었다.

그 무렵 우리 집 옆은 공터여서 거실에 해가 잘 들어왔다. 할머니는 살아 있는 것은 다 무서워했다. 아직 새끼였던 삼색 고양이를 실컷 쓰다듬다가도, 고양이가 경계심을 풀고 무릎에 앞발을 걸치면 손으로 떨쳐냈다.

싫어, 저리 가.

이 말만은 진심이었다. 다시 아담하게 정좌한 뒤, 햇빛을 받으며 텔레비전에 눈을 두었다.

"매일 하는 일 없이 멍하니 있기만 해. 뭔가 사는 보람이 있으면 좋을 텐데."

엄마는 난처하다는 얼굴로, 텔레비전을 보며 맞장구를 치고 손뼉을 치는 작은 등을 바라보았다.

저리 가. 고양이와 함께 지금이라는 시간도 떨쳐낸다. 할머니는 다이쇼 시대[2] 사람치고는 키가 컸지만, 허리가 거의 직각으로 굽었다. 뼈가 텅 비어 있다고 했다.

텔레비전을 보다 지겨우면 긴 의자에 누웠다. 젊었을 때 한 수술 탓에 술을 마시지 않는데도 간염에 걸렸다. 그병은 사람을 축축 쳐지게 했다. 청결한 시대에 살면서 그런 병에 걸리다니, 이해할 수 없었다.

"할머니, 지금 무슨 생각해?"

누구하고 있든지 때를 가리지 않고 이런 가혹한 질문이 되풀이되었다. 할머니는 옛날 생각이라고 답했지만, 언젠가부터 잘 모르겠다면서 머리를 좌우로 흔들었다. 모

---

2 다이쇼 천황 시대의 1912년에서 1926년의 기간을 말한다.

르겠는데. 그 대답만 억지로 외우게 한 듯한 짓을 하고 말았다. 말을 걸면 좋아한다는 표정을 지었지만, 실은 모진 현실에 주저앉아 있었다.

깡 말라버린 몸에 이렇게나 많이 먹어도 될지 싶을 정도의 약. 그 약 중에 잠이 오게 하는 약이 있는지 꾸벅꾸벅 졸다가 잠에 빠졌다.

비 냄새에 그 모습이 어른거린다.

날이 어둑해져 거실 커튼을 닫는 일은 혼자 거동할 수 있을 때까지 스스로 했다. 빨래는 늘 참 단정하게 갰다. 본가의 거실이 피안인 것처럼. 할머니는 가족을 위해 사뿐사뿐 움직였다.

감기에 걸려 한 달 동안 입원했다가 돌아가셨다.

몸과 마음은 한 사람 안에서 수많은 균형을 이룬다. 수면과 각성에도 그런 것이 나타난다.

할머니는 낮엔 거의 아무 말 없이 멍하게 있었다. 그런데 잠꼬대는 자주 했다. 큰 목소리로 화를 내기도 했다. 고향 말로는 고샤케루(ごしゃける)[3]. 그 말의 울림처럼 쏴아 하고 내리는 비 같은 짜증이었다. 약 때문인지 늘 같은 꿈을 꾸는 듯했다. 아무래도 축제에 있는 듯했다.

"좋다 좋아, 그래, 그래."

가끔은 손짓까지 하려는 듯, 가느다란 손목을 허공에

---

3 화내다, 혼내다는 의미로 아키타현 사투리.

띄워 소리 높여 웃었다. 눈은 감고 있었지만 기분은 좋아
보였다.

부잣집 농가에서 태어나 어렸을 때는 젊은 사람이 많
이 일했다고 하니, 축제라도 열리면 활기가 넘치고 북적
여 으쓱했을 것이다. 나중에 전쟁미망인이 된 걸 생각하
면, 사람들에게 둘러싸여 귀여움을 받으며 애지중지 자란
그 시절이 가장 밝고 자신감 넘치는 때였다.

말년에 그리운 시절을 꿈에서 만나 다행이었다. 축제
는 몇 번이나 반복되지만, 아무도 모른다. 꿈은 오직 할머
니만의 것이었다.

마지막 한 숟가락까지 깨끗이 다 비우자 비도 그쳐, 뭉
근하고 달짝지근하게 날이 저물었다. 산뜻해진 바람이 불
어오는 곳을 향해 강변을 터벅터벅 걸었다. 입안이 달큼
하고, 코끝에서 우유 냄새가 났다.

아직도 생각하는 옛날 일. 띄엄띄엄 떠올리며 노래를
불렀다.

제비꽃 빛깔을 띤 창에서
울고 있었지   길 한쪽 구석에서
둥글게 모여   둥글게 모여
봄의 석양

홀로 외롭게
울고 있었지[4]

아침에 들은 라디오에서 흘러나왔다. 둥글게 모여 있는데도 홀로 울고 있다. 손을 잡은 사람들은 모두 어디로 가버렸을까?

입하도 지났다는데, 강변은 벚꽃 필 무렵의 기온이었다. 목도리를 다시 잘 여민다. 올해 여름옷은 6월 1일에 꺼내면 되겠다. 이런 해도 드물다. 역풍을 그대로 맞으며, 뜨거운 소주와 돼지고기 꼬치구이를 먹으러 갔다.

고대하던 가게에 들어섰다. 옆자리에는 옆모습이 닮은 아저씨 둘이 마주 앉아 있었다.

"다섯 살 차이 나는 형제예요."

"우리가 닮았나. 둘 다 벌써 손자가 있어요."

기분 좋다는 듯 병뚜껑을 땄다. 술기운이 동그라미가 되고, 원이 된다. 자그마한 가게 안에서 모두 웃고 있다.

연기를 헤치고 밖으로 나오자 달이 부드럽게 떠 있었다.

슬슬 바다가 보고 싶다.

---

4 동요 〈꽃의 동네(花の街)〉의 마지막 부분 가사다. 1947년 일본에서 만들어진 곡으로 작사가이자 시인 에마 쇼코(江間章子)가 가사를 쓰고 작곡가이자 에세이스트 단 이쿠마(團伊玖磨)가 곡을 만들었다. 작사가인 에마 쇼코는 전쟁이 끝난 후 산처럼 쌓인 잔해와 초토화된 땅에서 언젠가 이 거리가 히비스커스 등 꽃이 피는 아름다운 꽃의 동네가 되면 좋겠다는 마음을 담아 가사를 썼다고 한다.

낫다 なおる

날이 더워지면 도서관에 간다.

혼자 사는 사람은 냉방비를 쉽게 절약할 수 있다. 한번 시작해 보니, 가져가는 일들을 훨씬 더 집중해서 할 수 있었다. 묵묵히 있는 사람이 나 혼자만은 아니구나. 그런 안심 덕분이겠지. 이어폰을 낀 젊은 사람은 참고서에 형광펜으로 줄을 긋는다. 돋보기를 가져온 노인은 연표를 길쭉하게 늘인다. 과자 만들기 책을 산처럼 쌓아 놓은 사람은 만들어 주고 싶은 사람이 있으니까. 사적인 대화를 조심해야 하는 장소야말로 잘 보인다. 읽는 사람은 대부분 자기소개를 하는 것과 다름없었다.

책장을 넘기는 손짓. 글자를 쓸 때도 칠 때도, 두들기는 듯한 필압. 소용돌이라도 부는 듯한 종이의 펄럭임. 말이 필요 없는 초조함을 멈칫멈칫하며 듣는다.

기침이 나와 가방을 뒤적여 휴지를 꺼내 코를 풀었다.

등지고 있어도 소리로 동작을 읽는 게 재미있어, 책은 어느새 뒷전. 검술의 달인과는 인연이 없어도, 그 정도 등의 시력은 남아 있어 다행이다.

호흡의 속도, 깊이, 크기도 모두 천차만별. 거짓말 하나 보태지 않고 정말 공부는 하지 않았기 때문에, 대학교 도서관도 이랬는지 기억나지 않는다. 고요할 때는 눈보다 귀가 더 잘 본다.

잠들기 전, 잠에서 깨어났을 때, 그리고 오늘처럼 종일 이불 속에 있는 날.

도서관에 어쩌다 오래 머물렀더니 책과 함께 냉방병도 빌려 돌아왔다.

세상으로 나가기를 잠시 미루자, 홀로 나뒹구는 눈꺼풀 안쪽에 말이 되기 전의 이런저런 생각이 맴돈다

예를 들면, 내일 만나면 물어봐야겠다, 이렇게 생각하며 눈을 감았다가 아침이 되면 무언가 물어보려 했다는 사실만 기억이 난다. 그뿐만이 아니다. 왜 물어보고 싶은 그 사람의 얼굴은 도무지 떠오르지 않을까?

만날 때마다, 오늘이야말로 잘 봐두어야지 다짐한다. 눈, 콧날, 입, 목에서 어깨까지, 천천히 눈으로 좇는다. 점도 여기저기 있구나. 그런데도 헤어지자마자, 기억을 더듬어 갈수록 점점 멀어져, 후쿠와라이(福笑い)[1]조차 할 수 없다.

떠올리려고 눈을 감으면 긴장이 풀려 힘이 빠진다. 하

---

1 복을 불러온다는 오타후쿠(お多福)의 얼굴을 종이에 윤곽만 그린 다음, 눈썹, 눈, 코, 귀, 입을 오린 종이를 얹어 얼굴을 만들어 가며 즐기는 설날 전통 놀이.

품도 나온다. 눈동자가 빛났던 그 기억만 남는다. 여름 이불은 부드럽고 따스해 지금까지 얼마나 힘을 준 채 서 있었는지 깨닫는다. 쉴 새 없이 웃다보니 뇌에 공기가 부족해져 멍해졌는지도 모른다.

이런 일은 처음이었다.

말을 너무 많이 하고 했던 말도 기억해 두려고 애쓰다 보니, 오히려 모두 흐릿해진다. 잊어버리는 건, 앞으로 벌어질 일이 밝고 즐거워서일지 모른다.

맞아, 그렇다. 겨우 이르러 눈을 떴다. 너무 깊이 생각하면 좋지 않다.

그렇게 이불솜에는 평소에 굴린 채로 잊고 있던 시간이 폭신폭신 숨어 있어, 밤에 몸을 뒤척이면서 너무 벌어져 버린 틈새를 헐렁헐렁 꿰매며 맞추어 간다.

그런 말을 했다. 심술궂게 굴었다. 실수한 것만 선명해져 한심하다는 생각에, 발가락으로 가위바위보를 한다. 가제로 된 여름 이불을 있는 힘껏 손으로 쥔다. 손가락과 발가락을 동시에 꽉 오므리다가, 고양이와 갓난아기의 몸이 얼마나 유연한지 알았다.

여름 날씨인데도 한기가 가시지 않아 담요를 꺼내 둘둘 말았다. 다음에 도서관에 갈 때는 목도리와 무릎담요를 챙겨가야지. 잊지 말아야지. 잊지 말아야지. 이런 다짐도 다시 떠나보내고 잠이 들었다가 눈을 뜨니 밤이었다.

머리카락이 얼굴에 들러붙어 있었다. 무겁게 짓누르던 등의 긴장감이 줄고, 배에서 꼬르륵 소리가 났다.

이제 차갑게 해둔 백도 복숭아 캔이 등장할 차례다.

이런 건 금세 떠올라 커다란 유리그릇에 담아낸다. 오랜만에 깡통 따개를 쥐었다.

쓱싹 쓱싹. 뚜껑을 비틀며 열었다. 어릴 때는 황도보다 백도가 맛있다며 분수도 모르고 졸랐다. 작은 귤도 고열에 시달리고 숨소리가 거칠어져 엉덩이에 주사를 맞은 날, 한밤중에 눈물로 끈적끈적한 얼굴이 되어서야 겨우 얻어먹을 수 있는 보상이었다. 그 자그마한 귤의 껍질을 까는 기계는 어떤 것일까?

지금은 둘 다, 평소에는 너무 달다. 작은 숟가락에서 느껴지던 쇠의 맛. 그 시절 다정하게 대해줬던 사람들이 입에 넣어준 차가움. 시럽에 섞은, 조금 전 그 가루약의 맛.

열이 나면 차갑고 단것이 먹고 싶어진다. 술을 마시지 못해서이겠지. 사실은 열이 없는 상태에서 술을 마시고 단것을 먹으면 세상에 그만한 게 없다. 하지만 다른 사람 앞에서는 거의 하지 않는다. 완전히 해롱해롱 취하니까.

언젠가 친구 생일에 술에 취해 케이크를 먹고 만취해서 지금도 놀림을 당한다. 분명 고양이와 마타타비 같았을 것이다.

고양이를 세 마리 키웠다. 처음에 키운 범무늬 태비 고양이는 태어나자마자 데려와 줄곧 실내에서 자랐다. 그 뒤에 키운 삼색 고양이는 산속에 살던 고양이를 오빠가 주워왔다. 마지막 삼색 고양이는 친척이 병든 고양이를 데려와서 키웠다. 범무늬 고양이는 마타타비를 가까이 가져가도 아무 반응도 없었다. 산에서 자란 삼색이는 민화 우키요에(浮世)에 등장하는 고양이 요괴처럼 혀를 내밀고 이리저리 뒹굴었다. 마지막 삼색 고양이는 살짝 관심을 보이는 정도였다.

이런 생각까지 하다가 다시 이를 닦고 이불 속으로 파고들었다.

열이 있을 때는 먹고 싶은 것만 먹는다. 오늘 저녁밥은 달콤한 백도. 다시 차가워진 다리를 담요로 감싼다. 그렇게 몸의 모양 그대로 딱 맞게 둘둘 말아 눕는다. 이집트 미라 같다. 아직 살아 있다고는 할 수 없는 몸뚱이가 한바탕 마른기침을 내뱉는다. 담요는 그대로 맥없이 풀렸다.

한 사람 분의 몸을 잣대 삼아, 산이나 논밭이나 날씨나 절기나 지도에 포개어 헤아려 본 적이 있다.

섬 여기저기에서 일어나는 지진은 관절 마디마디의 통증이고, 오늘처럼 비가 오는 날도 안팎에 까닭이 있을 것이다. 꽃이 피면 마르는 곳도 생기고, 억지로 밭을 갈면

땅은 척박해지기만 한다. 약도 독이 될 수 있다는 말은, 땅에게도 인간에게도 마찬가지다.

누워 있는 몸의 앞뒤만 보아도, 기침하거나 멍이 들어 있거나 가렵다. 그저께 발뒤꿈치에 생긴 굳은살도 있다.

물집이 터져서, 어제까지는 욕조에 몸을 담그면 아렸다. 지금은 바짝 말라붙어 광택을 내면서 말린 라즈베리 같은 색과 모양이 되었다. 만지면 딱딱한데 아직 아프다. 이런 색이, 다음에 보면 본래 피부색으로 돌아와 있다. 돌아온 듯 보여도, 전과 완전히 똑같지는 않을지 모른다.

회복 중인 발뒤꿈치는 아무 말이 없다. 도서관에서 다른 사람의 몸이 내는 목소리는 그렇게 잘 보였는데, 혼자가 되면 어렵다.

잘리고 넘어진 나무 밑동에서 가지와 잎이 나온다. 3일 동안 잠만 자던 고양이가 맹렬히 밥을 먹기 시작한다.

살아 있는 존재들의 회복력은 엄청나다. 그 힘을 새로운 동력으로 바꿀 수 없을까? 무언가 빛나게 할 수 없을까? 열이 나면, 뇌도 평소와 다른 길을 걷고 싶어 한다.

힘들었던 기억 따위는 순식간에 잊고, 멋진 구두를 발견하면 다시 똑같은 일을 반복하는 주제에. 발뒤꿈치를 만진다. 유리 속 두 사람도 이런 피부일까? 눈을 감자, 두 얼굴 모두 선명하게 떠올랐다.

본가에 갈 때마다 항구가 내려다보이는 높은 지대에 자리한 절로 즉신불(卽身佛)[2]을 보러 간다. 학생 때부터 해온 습관이다. 단가(檀家)[3]도 아니면서 왜 그렇게 늘 기도를 드리러 가는 거야? 가족은 한 번도 기도를 드리러 간 적이 없으니 아무런 인연도 없는 절이었다.

다른 사람이 오면 꼭 데려간다. 좋아하는 사람들에게도 보여주고 싶지만, 좋아하지 않는다.

두 사람은 절의 주지로, 각자 살았던 시대에 아주 힘든 기근을 겪었다. 그리고 사람들을 구하기 위해 땅속에 들어가 목숨 바쳐 기도를 이어가다 즉신불이 되었다.

적막이 흐르는 차가운 광 안, 유리 궤 안.

절에 계신 분의 설명은 생전의 모습, 본래 하던 일, 곡기를 끊으며 땅에 들어가기까지의 준비, 독경, 돌아가신 뒤의 처리 방법 등 들을 때마다 점점 더 자세하고 충실해진다.

어렸을 때부터 변하지 않는 점은 두 즉신불이 소원을 하나만 들어준다는 것이다. 최근 몇 년 동안은 건강만 빌었다. 이번 5월에는 오랜만에 다른 소원을 말했다.

즉신불은 백골이 아니다. 바닷가이기 때문에 바짝 말

---

2 일본 불교의 종파인 슈겐도와 일본 밀교의 인신 공양 방법. 살아 있는 스님이 스스로를 미라로 만들어 불상화된다. 책에서 나오는 두 즉신불이 있는 절은 야마가타현 가이코지(海向寺)로, 일본에서 유일하게 두 즉신불이 한 절에 모셔져 있다.

3 특정한 절에 소속되어 절에서 장례식이나 공양 등을 맡아 해주는 대신, 그 절을 경제적으로 지원하는 집안을 말한다.

라붙은 피부에는 염분에 의한 피해를 막기 위해 아교를 바른다. 그 작업을 소설가 이노우에 야스시(井上靖) 씨가 직접 참관해 취재했다고 한다. 이번에 처음 알았다.

척박해진 논밭을 한탄하며 사람들의 굶주림에 애를 태웠다. 부처님에게 끊임없이 불경을 외우는 목소리는 점점 자신과 타인, 인간과 자연물의 경계를 느슨하게 만든다. 혼신의 체온, 살아 있는 것에 대한 애정을 근원으로 무슨 수라도 쓰고 싶었다. 그런 신앙심은 하나의 동력이라고도 할 수 있다.

과학의 세상에서는 사랑도 사람의 노력도 측정할 수 있는 날이 언젠가 올지 모른다. 그렇게 되면 마음의 교류라든지 이심전심 같은 쉬운 말로 적당히 표현하던 관계도 딱 잘라 화학반응이라고 간주할지 모른다.

부드러운 잠기운이 찾아온다. 다음에 만나 이런 이야기를 하면 황당해하겠지. 아무 말 하지 말아야지 마음먹는다. 이 다짐도 잊은 채 분명 미라를 보러 오라고 입 밖으로 내뱉으며 권할 것이다. 옆으로 뒹굴어도 역시 얼굴은 떠오르지 않는다. 하지만 오늘 하루 두런두런 말을 걸었으니 목소리는 꽤 가까이 다가갔을 것이다. 말은 한 곳에 머물지 않는데 신기하게 경쾌한 웃음소리만 그대로 기억하고 있었다.

2시간 자니 눈이 떠져서 바나나와 우유와 약을 먹었

다. 다시 까무룩 잠이 들었다.

일어났을 때는 다음 날 점심 무렵이었다.

당신이 나오는 꿈을 꾸었다는 문자가 와 있었다. 그 꿈에서 어떤 얼굴을 하고 있었을까? 예의 바르게, 기분 좋은 얼굴로 있었을까? 살짝 소름이 끼쳤다. 꿈에까지 찾아갔다니 참 한심하다.

거울을 보니 눈꺼풀이 부어 있었다. 꽤 핼쑥해졌다.

만날 약속이 생기면 낫고 싶고 헤헤 하고 웃고 싶어져, 누워만 있을 수 없다.

좋아하는 사람의 곁에 머물고 싶으니, 얼른 빨리 낫고 싶다.

이제 되었다고는, 전혀 말할 수 없다.

고르다 えらぶ

도서관에서 집으로 돌아가는 길, 교회에서 바자회를 하고 있었다.

"자원봉사자 그룹이 바자회를 하고 있어요. 시간 있으시면 들러보세요."

나이 지긋한 여성이 말을 걸었다.

이 교회에서는 거의 매달 결혼식이 열린다. 콘서트나 바자회 공지도 종종 붙는다. 나는 신자는 아니지만, 사람들이 자주 모이는 걸 보고 자유로운 분위기의 교회라고 느꼈다. 스테인드글라스도 아름답다.

친구와 소소한 바자회를 열고 있어서 다른 바자회는 어떨까 궁금해 들어갔다.

예배당 안쪽 방에서 열리고 있었다. 문에 붙어 있는 종이에 모르는 여성의 이름과 추모 바자회라고 쓰여 있었다.

오늘 바자회는 돌아가신 교회 신자가 생전에 남긴 유언과 그 유품으로 열리는 것이었다. 판매 금액은 그분이 열심히 봉사했던 노숙자 지원 활동에 보태진다.

한 바퀴 둘러본다. 사각형으로 붙여 놓은 여섯 개의 사무용 책상 위에 물건이 가득 진열되어 있었다. 살면서 한 번도 인연을 맺은 적이 없지만 어떤 인품을 지녔고 어떤 생활을 했는지 물건에 깃들어 있어 놀랐다.

외국 기념품 가게에 가면 꼭 있는 홍차 스푼을 수집한 듯했다. 문양 끝에 국기가 그려져 있거나 명소 이름이 쓰여 있었다. 스위스와 영국 제품이 많았다. 사두고 뚜껑도 열지 않은 향수가 두 개씩 있었다. 미스 디올과 샤넬 크리스털. 두 향수 모두 그리운 사람을 떠오르게 한다.

평소에 쓰는 비누가 같았나 보다. 여섯 개 들이 상자를 가만히 품에 안았다.

꽃씨가 담긴 봉투가 많았다. 루피너스, 라벤더. 댁에는 형형색색의 정원이 있었겠지. 하얀 꽃과 나팔꽃의 꽃씨는 채집 날짜가 적힌 봉투에 담겨 있었다.

수예 작업 솜씨도 좋았다.

패치워크로 만든 퀼트 가방이 많아 어린 여자아이들이 고민에 고민을 거듭하며 거울에 비춰보고 있었다. CD는 클래식 피아노였다. 예브게니 키신(Evgeny Kissin), 마르타 아르헤리치(Martha Argerich), 슈만, 쇼팽.

레이스로 된 테이블 크로스에는 정갈하게 풀이 먹여져 있었다. 외국산 고급 디너 세트는 이미 살 사람이 정해져 있었다. 편지 쓰는 일을 좋아했는지, 편지지 세트나 외국인이 좋아할 만한 일본 전통 느낌의 크리스마스카드가 다발로 묶여 있었다. 이런 생활을 별걱정 없이 누릴 수 있었다는 게 전해졌다.

바자회는 이제 막 문을 연 참이라 손님보다는 파는 사람이 더 많았다. 그래서 동료들끼리 나누는 이야기가 들려왔다.

어제는 바자회 준비가 끝나고 그분 가족과 식사했어요. 따님 웃는 얼굴이 이제 엄마를 쏙 빼닮았더라고요. 얼굴뿐 아니라 표정도 닮나 봐요. 아직 정리가 힘들겠지, 아주 허전할 거야. 사람들이 많이 따르던 분이니까. 목소리가 점점 사그라들었다.

"이것도 그분다운 색이네요. 근데 워낙 마른 분이라서."

계산을 맡던 앞치마 차림의 여성이 타탄체크 치마를 허리에 대보고 있었다. 말랐던 분이었다고는 아직 말하지 못하는구나 생각했다. 그러다 문득 눈이 마주쳤다.

"손님이라면 괜찮을 것 같은데, 어때요?"

그 말 한마디에 열 명 정도 되는 판매 봉사자들이 동시에 권하기 시작했다.

피팅룸은 여기예요. 딱 맞네요. 300엔이니까 정말 싸요. 영국제 같은데. 중고 옷집에서 사려고 하면 엄청 비싸요. 길어도 키가 크니까 이 정도 길이면 적당하네요. 여름이 지나면 바로 입을 수 있겠어요.

모두 틀린 말은 아니었다.

방 한구석에 칸막이가 있어 입어보길 권했다. 허리띠

를 풀어서 펼친다. 주름을 펄럭이며 가볍게 허리에 둘러 본다. 기모노의 속치마를 두를 때도, 앞치마를 묶을 때도, 비슷하게 마음이 안심된다. 천으로 보호받는구나.

비누, 꽃씨, 치마를 사서 교회를 나왔다. 따님이 있었 으니 남겨주려고 산 것도 많았을 것이다. 감각이 좋고 튀 지 않는 색 취향에 그런 배려가 스며 있었다. 한 여성이 자 신의 취향으로 사 모은 물건은 부드러운 미소를 남긴다. 좋은 안목을 길러온, 만족스러운 생애가 엿보였다.

비누의 인연, 이웃의 정. 마지막 부탁을 들어준 친구들 과 가족에게 마음이 동해, 사람의 재산은 역시 사람이라 고 믿게 되었다.

치맛주름이 조금 벌어져 있어, 그 길로 바로 존경하는 세탁소로 향했다. 이곳 주인은 1년 내내 새하얀 티셔츠를 입고, 아침 일찍부터 문을 닫을 때까지 무거운 다리미로 다리미질한다.

안녕하세요. 이거 맡기려고요. 가게 주인의 아내에게 치마를 건넨다. 받자마자, 예쁜 치마네요, 좋은 옷이에요, 영국에서 샀어요? 하고 묻는다. 나는 선물로 받았다고 대 답했다.

같은 아파트에서 홀로 사는 분이 돌아가신 일이 있었 다. 뒷일을 부탁받은 조카도 이미 고령이어서 업체에 유품 정리를 부탁했다. 오래된 아파트라 그런 전문업체가 오는 일이 처음은 아니었다.

긴 의자, 책장, 옷 수납장. 백과사전이 복도에 던져져 나뒹굴고 있을 때 그 앞을 지나쳤다. 오랫동안 초등학교 선생님으로 근무했다고 들었다. 인사와 날씨 이야기 정도를 나누는 사이였다. 동네 소문을 듣고 와서 화제로 삼는 일은 둘 다 없었다. 살아계셨을 때의 웃는 모습이 떠올라 가슴이 아팠다.

비슷한 시기, 먼 친척 부부가 연이어 돌아가셔서 집을 팔게 되었다. 가지고 싶은 물건이 있을지 모르니 처분하기 전에 올래? 친척에게 연락이 왔다.

넓은 현관, 몇 번 놀러 와서 차와 과자를 먹었던 거실. 거실에서 보이던 정원의 나뭇가지. 이 집에 이사를 올 사람은 집을 허물지 않고 그대로 살고 싶다고 했다. 그 말에 마음이 놓였다.

나머지는 다 버린다기에 작은 술잔과 접시를 받아왔다. 언제나 기모노를 입던 두 분과는 추석이나 연말연시, 친척 모임 자리에서 이야기를 나누는 정도였다.

부인은 그 시대 사람치고는 키가 큰 편이어서 기모노를 물려받은 적이 있었다. 남편분이 일에서 은퇴하기 전까지는 도쿄에 살았기 때문에, 만나면 도쿄는 요즘 어떠냐고 물었다. 긴자, 마루노우치. 동네 이름을 오랜만에 든는다며 좋아했다.

가져온 술잔과 접시는 지역에서 만든 술을 마실 때 사용한다. 작은 접시에는 메추라기 한 쌍이 그려져 있다. 두 사람은 언제나 나란히 앉았다. 남편은 옆에서 챙겨주면 챙겨주는 대로 다 받는 사람이었다. 아내는 늘 술을 딱 한 잔만 따라 주셨다. 술도가의 딸이었다.

그런 사람들이 있던 장소, 사라진 장소, 그곳에 서서 우두커니 양지의 햇살을 받는다. 살아 있는 편이 미덥지 못하구나. 쩩쩩, 참새가 울었다.

눈을 떴다.

일어날까, 다시 눈을 감을까, 하다가 일어난다. 화장실에 갈까, 물을 마실까, 하다가 컵을 든다. 라디오 아니면 CD, 하다가 라디오. 에어컨을 켤까, 선풍기를 틀까. 둘 다 그만두고 창문을 열었다.

책상에 앉으면, 계속 늦어지는 약속 중에 무엇부터 시작하면 좋을까 생각한다. 글을 쓰다가, 다 쓰면 빵을 먹을까 죽을 먹을까, 아니면 아침부터 국수를 삶을까? 얼마 전에 먹은 후쿠오카 국수는 정말 맛있었다. 수박도 같이 먹었다. 둘 다, 올해 첫 국수와 수박이었다.

매미 소리를 들으며, 머리는 일에서 도망친다. 어쨌든 하루는 고르고 고르며 이루어진다.

밖에 나가려면 옷을 갈아입고, 사람을 만나면 높은 목소리로 말하거나 보조개를 만들고, 다시 혼자가 되면 가게 앞에서 호객하는 술집 직원 중에 누구를 따라갈지 고민한다. 그렇게 맥주를 마시다 보면 그 끝에 그리운 누군가가 떠오른다.

사람은 사라진다. 하지만 소소하게 줄곧 선택해 온 결과는 사라지지 않는구나. 줄줄 흘리는 것은 돌아가고 싶어서일까? 숲에서 헤매는 헨젤과 그레텔. 왜 그런 집에 돌아가려는 거야, 하고 심통을 부리고는 했다. 살짝 취기가 돌아 자리에서 일어난다.

만약 죽는다면 이 집의 물건은 어떻게 할까?

방을 둘러본다. 다른 사람에게 주거나 남기면 곤란한 것들뿐이다. 아무래도 다 버려달라고 해야지. 그 돈은 벌어두어야 한다. 일할 이유가 생겼다.

다음 주에는 치맛주름이 반듯하게 잡혀서 온다. 이번 주에 꼭 할 일은 치마 걸이 하나 사두기. 또 물건이 늘어난다. 그게 기쁘니까 살아간다.

여행을 즐기셨던 분이 물려준 치마를 입고 어디로 떠날까?

그런데 올해는 이미 여행을 꽤 했다.

갈수록 여행이 제멋대로가 된다. 연회에서는 일찌감치 빠져나왔다. 이른 아침 산책도 독차지했다. 되도록 혼

자 있게 해달라고도 부탁했다. 일부러 마음 써서 함께 가
자고 해주었는데, 맥 빠지는 말을 건네고 이불을 뒤집어
썼다. 왜 이렇게 막무가내가 될까? 나도 모르겠다.

사람들과 있으면 정처 없이 외롭다. 모두가 웃으면 오
히려 더 그렇다. 그런 기분을 토닥이고 다스려 바꾸는 일
이 점점 서툴러진다.

조금 전 어스름한 복도를 지나왔다. 역시 바자회보다
는 다 버려달라고 해야지.

지금 그 집에는 작은 여자아이가 산다.

달리다 はしる

아침의 거리에서 달리는 사람과 지나친다. 거친 숨소리가 들린다. 살갗은 검게 그을려 있다. 부딪힐 정도로 가깝다. 집은 여기에서 건널목 하나만큼도 떨어져 있지 않다. 그런데도 말이 통하지 않는 동네에 있는 것처럼 어금니를 꽉 깨물고 바짝 긴장한 채 스쳐 지나간다.

피가 돌고 체온이 올라간다. 온몸에 고동이 울린다. 땀이 솟고 잔뜩 몰려 가쁜 호흡. 저렇게 견딜 수 있다니, 강한 사람이구나. 그런 몰두는 지금까지 어딘가에 줄줄 흘려왔다.

달리는 사람은 위풍당당하게 멀어진다. 뒤돌아보지 않는다. 신호가 바뀔 것 같으면 속도를 높인다. 자신을 위해 할머니가 옆으로 비켜선 것도 알지 못한다. 당연하다는 듯, 왕처럼 나아간다.

따라잡을 수도 없고 뒤쫓아 갈 마음도 없다. 아무런 인연도 없는 사람이니까.

부디 얼른 가주세요.

몸을 단련하려면 달리기는 피할 수 없다. 지구력이 없으면 춤도 축구도 시작할 수 없다. 심폐기능을 튼튼하게 해주니까 달리세요. 천식을 가진 아이에게 의사도 권했다. 그래서 조심조심 달리자 열이 올라 더 숨을 쉴 수 없었다. 체질에 맞는 사람도 안 맞는 사람도 있겠지만, 튼튼해지려고 달렸는데 이불 밖으로 나올 수 없게 되었다. 거짓말쟁이, 거짓말쟁이. 울면서 자상한 할아버지 선생님에게 악담하며 잠들었다. 끈기가 없는 이유가 달릴 수 없었던 탓만은 아니어도, 배배 꼬인 원인이 된 것만은 분명하다.

태어난 이후 위풍당당하게 똑바로 한 길로 간 기억은 무엇 하나 없다. 우물쭈물 작은 목소리로 그저 시간만 지나면 된다며, 거짓말하거나 속아왔다. 그렇게 드러난 슬픈 말로를 다 이런 거겠지 하면서 몸에 걸쳐 왔다.

눈앞에 놓인 일만 해도, 사람만 해도, 조금 전에 통째로 베어 먹은 토마토만 해도, 늘 더 나은 방식이 분명히 있었다. 분해도 다시 할 마음은 없으니 그에 상응하는 것을 수용할 수밖에 없다.

가령 실연의 특효약이라면, 새로운 사랑.

이건 늘 정답이다. 그렇다고 무리해서 툭툭 털고 일어나 새로운 사랑을 잡고 싶지 않았다. 때마침 바람을 일으켜 만났던 일마저 날려버린다면 후회하지 않을까? 막다른 곳이 된 오늘 여기가 모래알이 되어 마침내 불어온 바람을 타고 날아갈 날까지 지켜보는 게 낫지 않을까? 이러면서 인생 절반은 실연의 상태가 되었다. 집요한 성격이라 이렇게 반복해 왔다.

거짓말쟁이, 거짓말쟁이. 울며 몰아붙이는 이는 더 이상 의사 선생님이 아니었다.

아파서 일어서지도 못하고, 울어서 눈이 부었다. 열이 가시지 않는 뺨, 코를 훌쩍인다. 얼굴을 씻어도, 아직 눈물이 흐른다. 잠들었다가 깼다가 우는 일을 반복하며, 때때로 체육 시간처럼 웅크리고 앉아 무릎에 난 상처에 숨을 뿜어낸다. '후' 하던 숨이 '하아' 하고 바뀌고, 다시 눈물이 흐른다.

상처가 아물고 딱지가 생겨, 아픔이 가려움으로 바뀌었다가 떨어진다. 새로운 하얀 피부는 아직 투명하다. 하지만 이제 열은 식었다. 천천히 걸어본다. 점점 아프지 않게 된다. 넘어진 순간이 멀어진다. 울지 않는 날이 늘어간다.

아픔이 사라지면 움직인다. 사람과 만나는 날이 늘고 웃음을 짓는다. 목소리를 애타게 그리워하지 않는 날이 늘어가고, 삭제한 연락처는 완전히 기억에서 사라진다. 얼굴에도 안개가 낀다.

달리는 것의 반대는 걷는 것도 멈추는 것도 아닌, 식는 것이구나.

그걸 깨달았을 때, 역방향으로 내던져진 밤보다 더 울었다. 잊지 않아 다행이었던 일이 있었나. 고개를 갸우뚱하다가, 몸을 수그리고 신발 끈을 묶는다. 다행이지 않았던 정반대의 일은 바로 알았다.

누군가를 위해 달리는 일에 꽤 게을러져 있다. 이제는 아픔을 견딜 수 없을지 모른다. 누군가가 앞장서서 몸과 마음을 이끄는 일을 아직 받아들일 수 있을까? 이제는 어렵지 않을까? 제멋대로인 사람이 되었으니까. 이미 그런 계절은 지나가지 않았을까? 반올림하면 오십이니까.

도망치고 싶어지면 망설이지 않고 진구구장(神宮球場)에 간다. 엉망진창으로 취하는 일은 이제는 정말이지 볼썽사납다.

야구는 고요히 진행된다. 눈부신 조명, 초록색 잔디, 갈색 흙. 던지고, 치고, 달린다. 세이프와 아웃. 멀리에서 날아오는 비의 냄새.

회가 거듭되고, 응원의 열기로 가득 찰수록, 고요하게 힘이 차오른다. 이것은 진지하게 싸우는 도쿄야쿠르트스왈로스 덕분이다. 게다가 맥주도 맛있다. 어두운 바에서 싫어하는 사람과 우연히 만나 한숨을 쉬는 일보다 훨씬 낫다.

야구를 해본 사람들은 인생의 척도를 야구에 비유하며 설명한다. 그건 아마 맞을 것이다. 그때 그런 사람과 만났더라면 사랑을 잃었을 때 어떻게 하는지 물었을 텐데. 세이프와 아웃, 선공과 후공, 사구(死球).

도쿄야쿠르트스왈로스는 신기한 팀이다. 이렇게나 많이 던지고 치는데도 이상하게 올해도 최하위다.

작년에는 라이언 오가와 야스히로(小川泰弘)[1]가 최다승 투수, 블라디미르 발렌틴(Wladimir Balentien)이 수위 타자가 되었다. 그런데도 최하위였다. 제비[2]는 날지 못했다. 올해 오가와 준지(小川淳司) 감독이 내건 슬로건은, '기어 올라가라'. 아무리 열심히 해도 마음대로 되지 않는다. 그런 일도 있는 법이다. 역시 진구구장에도 인생 삼라만상이 있다.

공이 날아오자 우익수의 유헤이(雄平)가 센터까지 달려가 스탠드에 충돌하면서 공을 잡아 아웃시켰다. 올해의 유헤이는 활약이 대단했다.

예전에 도바시 가쓰유키(土橋勝征) 선수에게 열을 올리던 시절에는 1루 쪽 스탠드에 앉는 일이 잦았다. 도바시가 은퇴한 후에는 실연했을 때보다도 더 연소되어 꽤 오랫동안 진구구장에 발을 들이지 않았다. 다시 드나들었을 때는 선수를 하나도 몰라 고생했다.

도바시보다 잘 치고 달리는 선수는 있지만 이제는 그때 같지 않다. 도바시와 동갑이었다는 이유도 있을지 모른다. 도바시 덕분에, 타격보다 수비 보는 걸 좋아하게 되

---

1 투구 자세가 메이저리그의 대형 투수 놀란 라이언(Lynn Nolan Ryan)과 비슷해 붙은 별명.
2 제비는 도쿄야쿠르트스왈로스의 마스코트.

었기 때문에, 이기고 지는 것 자체에 흥미가 사라졌다. 야쿠르트는 요즘 왜 이럴까? 만나면 주변에 걱정을 끼치니, 최하위만 아니면 좋겠다는 정도로만 말한다. 요즘은 외야 스탠드에서 선수들의 뒷모습을 바라본다. 외야 자유석, 공 근처. 긴장한 상태로 앞쪽을 응시하는 선수를 보면서, 뒷모습도 많은 것을 말해준다는 것을 깨달았다. 그래서 지난번에 달리던 사람을 보았을 때 엄청 신경질이 나 있는 것 같다는 생각이 들었나보다.

던지고, 치고, 달린다. 선명한 초록색 잔디, 빛을 흠뻑 받으며 선수가 베이스로 파고든다.

초등학생 이후로 해본 적이 없는데도, 야구를 보고 있으면 꺼질 듯한 불씨에 숨을 불어넣는 듯한 순간을 목격한다. 죽을 때까지 피워둘 것 같은, 잊어서는 안 되는 열기다. 환성 그 어딘가에 뒤섞여 있는 속삭임에 주변을 둘러본다.

서로 받아치면서 마구잡이로 점수가 나는 경기가 있다. 계속 0점인 상태로 7회까지 가면, 보는 사람들도 다리에 힘이 들어가고 숨을 죽인다. 그런 긴장감 속에서 공을 치고 던지다니, 천재들은 위대하다.

자 이제, 커브, 스트레이트.

이시카와 마사노리(石川雅規)가 고개를 흔든다. 프로야구 선수치고는 몸집이 작은데 신장이 나와 똑같다. 냉정하고 승부욕이 강하다. 올해는 다들 부상을 당해 고생해서일까? 안쓰러울 정도로 시합에 자주 나와 걱정이다.

납득하고 고개를 끄덕인 뒤 확신에 찬 자세로 공을 던진다. 당당함이 믿음직스럽다. 하얀 공이 미트에 슝 날아들어갔다. 쭉 뻗은 공이었다.

투수와 타자, 공격과 수비.

어느 쪽을 더 잘하냐고 묻는다면, 타자에 공격. 패기가 없고 작은 일에 집착하고 트집 잡는 성격에 끈기가 없다. 공이 날아오면 가장 먼저 도망치려던 게, 실은 공을 향해 달려가는 꼴이 되어, 부딪히거나 제대로 잡은 적이 없다.

이건 다른 이야기. 20년 전, 야구선수 이다 데쓰야(飯田哲也)가 던진 파울볼이 날아왔다. 피하려던 게 공을 향하고 있었던 듯 왼쪽 어깨에 맞았다. 숨이 멎고 눈에서 불이 뿜어져 나오는 듯했다. 고통스러웠다. 야구공의 실밥 모양 그대로 멍이 생겨, 없어지는 데 한 달이나 걸렸다. 멍을 볼 때마다, 야구선수는 정말로 목숨을 걸고 하는구나 생각했다.

넘어지고 울상을 짓는 사이에, 던져주는 사람도 사라졌다. 무슨 일이 있어도 잡아서 꼭 던져주어야겠다는 그런 각오도 없다. 날아오는 직구는 무섭기만 하다. 눈을 질끈 감고 주저앉아, 아웃.

발렌틴의 타율과 좋아하는 사람이 나를 좋아해 줄 확률은, 어느 쪽이 더 높을까?

생맥주를 호로록 마시면서 타석을 지켜본다. 그러다, 달려 볼까? 하는 생각에 깜짝 놀랐다. 한 번 정도는 진지하게 던져서 치고 달려 베이스에 파고들어도 치명상은 입지 않겠지. 마음이 달라져 있었다.

야구장은 대단한 곳이구나.

지난주 야구가 끝나 돌아가는 길, 진구가이엔공원(神宮外苑公園)에서는 벌레가 울고 풀냄새가 났다. 가을이 다가와 있었다. 여행이 이어지던 여름이 지나간다.

몸은 의자에 앉아 있는데도, 신칸센은 맹렬한 속도로 빠르게 달리고 있었다. 창밖에는 푸르고 푸른 후지산. 왠지 운이 나에게로 기울고 있는 건 아닐까? 서쪽으로 향하는 듯이 의기양양해진다.

올해만큼 빙수를 많이 먹었던 여름도 없었다. 마지막으로 먹은 빙수는 여행지였던 이세진구(伊勢神宮)의 찻집에서였다. 소가 느릿느릿 소풍을 즐길 듯한 대낮이었다. 너무 덥고 졸려서, 남녀노소 틈에 섞여 시원한 나무 그늘로 피했다.

빙수가 계속해서 나왔다. 내가 주문한 딸기빙수 순서는 아직 멀었다. 그러는 사이 모기에 물렸다. 한 방, 두 방.

가방에서 바르는 약을 찾는 사이에 또 한 방. 모기는 욕구가 강하고 나는 부처님이 아니어서, 또 한입 물려고 다리에 달려드는 걸, 탁 하고 물리쳤다. 이런 잔혹한 모습을 들키는 일이 부끄럽다.

빙수를 나르는 여종업원들은 쟁반을 들고 뛰는 것과 걷는 것 사이의 바람을 일으키며 오간다. 화내는 사람은 아무도 없다. 숲으로 둘러싸여 있었고, 시냇물에는 하얗지 않은 백로가 있었다. 이름을 알려주었는데, 너무 더워서 머리가 멍해 잊어버렸다.

관광버스를 타고 온 사람들은 시간을 자꾸 확인했다. 빙수가 나오자 오차즈케(お茶漬け)[3]처럼 얼음을 후루룩 먹고, 자갈길을 종종거리며 멀어졌다. 그 조급함이 제발 옳지 않기를 바라며 마음을 졸였다.

드디어 딸기빙수가 나왔다. 대나무 숟가락을 든다. 진짜 딸기로 만들어 좋은 향기가 감도는 시럽을 뿌린다. 유리그릇 바닥에는 연유가 깔려 있었다.

차갑다, 맛있다, 오길 잘했네, 덕분에 행복한 휴가가 되었어요.

목소리가 감사의 말을 어느 정도 되풀이하면, 이마의 땀도 식는다.

매미가 우는 소리에 갇히고, 다리 언저리를 다른 모기

---

3 밥에 차나 맑은 국물을 부어 먹는 것.

가 낮게 노린다.

이렇게 사람이 많은 곳에서는 못 잡겠네. 직구 사인에 고개를 흔든다.

딴 생각에 빠진 채 빙수를 부지런히 떠서 입으로 가져 갔는데, 문득 보니 얼음이 다 녹아 있었다. 무슨 질문을 했 는데 아무 대꾸도 하지 않았던 듯, 모르는 사람이 괜찮으 냐면서 걱정했다.

말도 헛스윙을 하고, 유리에 입을 대고 마시자 차가운 유리도 함께 마시는 것 같았다.

고개를 좌우로 흔들며, 이 자갈길에서 뛰기는 힘들겠 다. 머리를 떨군다. 손을 잡아볼까? 역시 단념한다.

말을 듣지 않는 손가락을 입에 물고 다리로 시선을 옮 기니, 햇볕에 그을린 데다 빨간 동그라미까지 늘어나 있 어 가렵다.

이야기하다 はなす

목욕을 끝내고 나와, 뭉그적뭉그적 속옷을 입고 셔츠를 걸치고 잠옷 단추를 잠근다.

기성품은 단추가 갈수록 헐거워지기만 하니 속상하다. 벗어 놓은 옷은 세탁 바구니에 던져 놓고 화장수와 로션을 듬뿍 바른다. 이를 닦고 드디어 이불 위에 앉는다. 양말을 신기 전, 발에 핸드크림을 바른다. 글로 쓰니 묘하지만, 나와 똑같이 하는 사람도 많겠지.

꽤 오래전 중국의 고서 시장에서 발 지압 책을 사 왔다. 설명된 글은 한자를 보며 대충 상상한다. 책에 그려진 발바닥 그림이 징그러웠다. 눈과 관련된 지압점이라면, 가운뎃발가락 아래에 눈알이 그려져 있다. 장이나 난소도 똑같이 그려져 있다. 크림을 바르는 김에, 눈이 피곤하면 그 지압점을 꾹꾹 누른다. 한 곳만 집중해서 누르면 아프다. 아픈 곳은 안 좋은 곳. 통역하던 분의 목소리를 떠올리면서 누르다 보면 아프지 않게 되어 마음이 놓인다. 양말을 신고 이불 속으로 파고들면, 셋, 까무룩. 5초도 버티지 못하고 잠이 든다. 가을밤이 얼마나 긴지도 모른 채.

여름에도 발이 차가워 얇은 양말을 신고 잤다. 그런데

역시 한여름에는 아침에 일어나면 양말이 벗겨져 있었다. 깊은 잠에 빠져서도 발가락으로 용케 잘 벗는다. 어떻게 하는지 찍어서 웃고 싶다.

더우면 잠버릇도 심해졌다. 이불에서 굴러떨어지거나 처음과는 반대 방향으로 누워 있었다. 분명히 테디 베어 곰돌이 팀도 함께 누웠는데 험하게 잤는지 이불에서 벗어나 엎드린 채 자고 있었다. 그런데 지금은 잠에서 깨면 머리가 베개 위에 놓여 있다. 네 마리도 옆에서 자고 있다. 복슬복슬한 털. 동글동글한 눈과 마주치면 조금 부끄럽다.

오늘은 빨래에 빨간 고추잠자리가 앉아 있었다. 올해 참 무더웠는데. 가을이 되었구나. 반나절 널어 두었던 청바지는 아직 조금 축축했다.

그런 하루도 저물어, 목욕을 마치고 나와 잠옷을 입고, 이제 한 발짝도 움직이지 않겠다는 결의에 찬 의식처럼 크림 뚜껑을 연다. 세상을 조금씩 알아가던 무렵부터 지금까지, 습관처럼 해왔는데 그것도 여행지에서는 건너뛰기 일쑤다.

도쿄에 할머니가 놀러 오면 엄마와 셋이 이불을 나란히 폈다. 이불 위에 앉아 오렌지색 뚜껑을 열었다. 커스터드 같은 노란색 크림이었다. 텔레비전에 나오는 달콤한 향기의 하얀색 크림을 사달라고 해도, 이게 가장 효과가 좋다면서 들어주지 않았다.

"하얀색이 없어질 때까지 잘 문질러야 해."

할머니가 발뒤꿈치에 덕지덕지 발라 문질러서 간지러웠다. 왼쪽 발뒤꿈치에 커다랗게 꿰맨 상처가 있어 걱정하는 마음에서였다. 유치원에 다니던 무렵, 자전거 뒷바퀴에 걸렸다.

발뒤꿈치를 만져보면 상처는 반질반질하다. 꿰맨 자리는 녹아서 볼록한 흉터가 되었다. 어떤 신경이 연결되어 있는지, 만지면 움찔움찔하고 소름이 돋는다. 40년이 지나도, 그런 감각은 사라지지 않는다.

엄마와 할머니의 발에 바를 때도 있었다.

엄마는 발바닥에 열이 많아, 1년 내내 맨발로 지낸다. 하얀 종아리 어딘가에 빨간 점이 있었다. 할머니는 사람들의 출입이 많은 곳에 일을 도와주러 갔다가 무좀을 옮아온 적이 있었다. 찻잎을 썰어서 발에 붙이고 양말을 신었다. 찻잎이 효과가 좋다는 이유였지만, 엄마는 탐탁지 않아 했다. 두 사람 모두, 발뒤꿈치가 딱딱했다.

셋이 이불 위에서 다리를 옆으로 구부리고 앉아 무슨 이야기를 했을까? 지금 떠올려보면 오래된 그림을 바라보는 듯한, 먼 시간 속에 감도는 숨결뿐. 말은 모두 잊었다. 검지의 움직임, 하품, 틀니를 뺀 할머니의 부드럽게 오므라진 입가, 엄마가 머리에 감았던 헤어 롤, 혼자 떠들던 텔레비전의 불빛, 발바닥의 열, 갈라진 발뒤꿈치.

노란 크림은 문지르면 하얗게 되었고, 그때부터는 좀처럼 피부에 흡수되지 않았다. 당시에는 지압점 같은 건 몰랐는데도, 발뒤꿈치 위 움푹 파인 곳을 누르면 시원하다고 알고 있었다. 몸을 만지면 기분이 좋다고, 의외로 빨리 깨닫는다.

목소리가 없는 풍경은 행복했다는 증거. 오감을 잠시 한쪽에 내려놓고, 힘을 빼고 있을 수 있다.

좋아하는 사람과 함께 있으면 아무 말도 하지 않고 있을 수 있다. 팔짱을 끼고 근엄한 얼굴로 앉아 있던 옛날 아버지들도 실은 궁극의 행복한 휴일을 보내고 있었을지 모른다.

혼자 있어도, '영차'라든지, '아 아파, 큰일났네', '뭐야 정말' 하며 꽤 소리를 낸다. 그것은 혼자만의 긴장을 객관적으로 인식하고 있기 때문에 나오는 걸지도 모른다. 긴 의자에 편하게 누워 있어도 완벽하게 풀어져 있지 못한다. 본가에 가서 가족의 기척을 느끼며 몸과 마음이 모두 느슨해져 있을 때와 비교하면, 등과 배 근육이 긴장되어 있다.

그런데 가족과 있다고 이른바 완전히 긴장이 풀리는 것도 아니다. 거실에 있는 긴 의자에 누워 있으면, 아버지가 신문을 바스락바스락 펴고 엄마는 피아노를 치기 시작한다. 그러는 와중에도 텔레비전은 켜져 있다. 눈을 감고 있는데도 이것저것 말을 건다. 이틀 정도 있으면 얼른 혼자 사는 집으로 돌아가고 싶어진다. 하루 종일 내내 같이 있어도 전혀 신경이 쓰이지 않는 사람이라면 꽤 친밀한 사이겠지. 그런데 이렇게 의식하는 일조차 잊게 만드는 사람이 분명히 있다. 어쩌면 마음이 맞는다는 말에서 마음은, 마음결이나 배려보다 들리지 않는 파장. 그런 사람을 알게 된 것만으로 오래 살아 다행이다 싶다.

잘 아는 사람이 아니어도 괜찮을지 모른다.

얼마 전 저녁, 연주회까지 1시간 정도 시간이 남아 연주회장에 있던 작은 테이블에 앉아 편지를 쓰고 있었다. 답례 편지가 2통, 병문안 편지가 1통, 사죄 편지가 1통. 편지 쓰는 일을 그다지 좋아하지 않아, 밝은 내용의 편지부터 쓰기로 했다.

테이블은 매점 옆에 있었다. 커피를 사러 갔는데 주먹밥과 소용량 반찬, 샌드위치를 팔고 있었다. 연주 중 배에서 소리가 나지 않도록 과자를 사는 사람이 있었다.

자리로 돌아와 커피를 후루룩 마시며 편지를 2통 쓴 뒤 병문안 편지를 쓰려던 참이었다. 사각형 쟁반을 든 할머니가 자리를 찾고 있는 게 보였다.

여기 앉으세요.

말을 걸어, 마주 앉았다.

자그마한 체구의 할머니였다. 밝은 초록색 스웨터에, 옅은 갈색 바지, 백발의 단발. 쟁반 이외에 별다른 짐은 없었다. 차와 팥밥으로 만든 주먹밥, 오색 콩과 누에콩 설탕 절임. 동과와 두툼하게 잘라 튀긴 두부조림. 콩을 좋아하시는구나.

다시 고개를 숙이고 펜을 잡으니 금세 슬픈 기분에 사로잡혀, 할머니가 계신 것조차 잊었다. 조급해하지 말고 느긋하게. 지난달에도 비슷한 말을 썼다고 깨닫자 글자가 멈추었다.

"참 달다."

말을 걸었나 싶어, 얼굴을 들었다. 할머니는 누에콩 설탕 절임 뚜껑을 꼭 닫고 차를 마셨다. 눈이 마주치자 볼을 천천히 가볍게 문질렀다.

"이런 큰 식당도 올만 해요."

분명 근처에 사시는 할머니로, 가끔 식사를 드시러 오시는가 보다. 파란 채소들을 조금 더 드시면 좋을 텐데. 문득 떠올랐지만, 좋아하는 것을 먹으며 착실하게 할머니가 되었으니 이게 가장 몸에 맞을 것이다.

삼각형 옆면이 두툼한, 커다란 주먹밥이었다. 천천히 씹어 삼켰다. 그 흐트러짐 없는 모습에 도취해 리듬을 든는다. 우리 할머니와 둘이 밥을 먹을 때도 이랬다. 그리고 다시 쓰기 시작한 편지는 손끝에 기운이 생겨 밝게 끝맺었다. 속세에 나오면 어떤 맛있는 것을 드시고 싶나요?

굼실굼실 사죄의 편지를 쓰고 나자, 연주 시작까지 20분 정도 남아 있었다. 하다 만 뜨개질 거리를 장바구니에서 꺼냈다. 오늘 연주회는 집 근처에서 열리는 소박한 행사였다.

"뜨개질 하시는군요."

위엄 있는 목소리였다. 근엄하게 질문을 받아 부끄러웠다. 손을 움직이다가 문득 떠올라, 뜨개질하시느냐고 물었는데 대답이 없었다.

귀가 어두운 어르신이라고 해도, 자주 있는 일이라고 해도, 덩치는 산만 해서 자그마한 테이블을 마주한 사람에게조차 닿지 않는 목소리라니, 역시 한심하고 별로다.

이후에는 서로 아무 말 없이, 먹고 뜨개질했다. 시간이 되어, 먼저 실례하겠습니다, 안녕히 가세요, 인사한 뒤 일어났다.

할머니는 뚜껑을 닫은 누에콩 설탕 절임을 역시 다 먹을지 줄곧 망설였다.

연주가 시작되었고, 선율보다 쉼표에만 자꾸 신경이 쓰였다. 짧은 호흡, 의도적인 자세, 그리고 기나긴 저음. 섬세하게 삽입된 공백이, 글자보다 목소리보다, 이름 없는 감정을 더불어 복받치게 했다.

결투라면, 도발. 앞뒤 가리지 않고 달려들면, 움직임이 읽혀 둘로 댕강.

그 수작에는 놀아나지 않을 테다.

어디 해볼 테면 해봐라 하는 마음으로 들었더니, 연주가 끝나자 엄청나게 지쳐 있었다. 엉덩이 살이 없어 딱딱한 의자도 힘들었다. 어딘가에서 술에 취해 돌아가고 싶어 전철을 탔다.

익숙한 가게의 사람들은 이런저런 이야기를 한다. 말수가 적은 주인장도 기분이 내키면 말 상대를 해준다.

콘서트를 보고 집에 가는 길이라고 했다.

무슨 음악을 들었느냐고 묻기에, 뭐였지?

어처구니가 없었다.

하루 종일 이것저것 보고 들어도 모조리 뭉뚱그려 꿀꺽 삼켜버리고, 만나면 이야기해야지 생각했던 일들을 늘 아무것도 전하지 못한다.

93

기다리다 まつ

아침은 배 한 개.

얇게 칼을 댄다. 마지막까지 길게 이어갈 수 있다. 껍질을 벗긴다기보다는 깎아낸다.

과즙이 넘치는데도, 까끌까끌하고 미끌미끌하다. 하얀 과육은 차갑고 미끈거린다. 손이 순식간에 과실의 에로스에 휩싸여 흠뻑 젖었다. 투명한 감로가 뚝뚝 떨어지는 커다란 배였다.

고마워요, 잘 먹겠습니다.

보내준 친구를 향해 목소리를 보내고, 그대로 베어 물었다. 평상시라면 아껴가며 반절씩 잘라 먹는다. 오늘은 아침 해를 쬐면서, 하나를 통째로 먹고 싶었다.

정신없이 다 먹고, 황홀한 얼굴로 손가락을 빨았다. 담았던 접시에 고인 과즙을 그대로 전부 마셨다. 손을 씻는 일이 어리석게 느껴진다. 배만으로 포만감을 느끼는 호사가 그대로 멈추게 한다.

그렇게 황홀함에 젖어 깊은숨을 내쉬었는데 칼과 접시를 씻자 달짝지근하게 엉겨 붙어 있던 손바닥이 말끔해져 버렸다. 모두 사라져, 배는 오장육부로 옮겨갔다. 오장육부. 입 밖으로 내뱉는 순간, 수많은 숫자와 글자가 넘쳐난다. 일부다처, 오리무중, 삼삼구도(三三九度)[1], 사사오입. 삼공사 오현업(三公社五現業)[2] 따위, 이제 외우고 있어 봤자 아무 소용도 없다. 정신이 팔린 사이, 차가운 감촉의 움직임을 쫓다가 따라가지 못하게 되었다. 이제 완전히 과거가 되었다.

막 씻은 손으로 펜을 쥐었다. 배를 보내주어서 고마워요. 이렇게 쓰기 시작하자, 바로 조금 전의 황홀했던 한숨이 녹슨 나사를 돌리듯이 너덜너덜 너저분해진다. 그저 저기에 하나 놓여 있기만 해도 완성되었던 배의 자태와는 거리가 멀다. 괴로움에 젖어 한 문장을 썼다.

가을날 아침
이십 세기를 사는
어린아이들

가나마치(金町)[3]

---

1 신사 등에서 행하는 결혼식에서 헌배(獻杯)의 예를 드리는 것을 말한다. 신랑이 처음에 세 번, 다음에 신부가 세 번, 마지막에 신랑에 세 번 마셔 총 아홉 번 마신다.

2 국유 철도, 전신 전화 공사, 전매 공사의 3공사와 우정, 임야, 인쇄, 조폐, 알코올 전매의 다섯 국영 기업을 칭한다.

3 일본의 전통 서정시 하이쿠(俳句)를 쓸 때 사용하는 지은이의 호이다. 하이쿠는 5, 7, 5의 17글자로 이루어지며 계절을 상징하는 표현들이 반드시 포함된다.

그 가을 아침, 동그란 배를 통째로 삼켜버린 배를 출렁이며 빨간 우체통에 엽서를 넣은 뒤 병원에 갔다. 1년에 한 번 유방 검사를 하는 날이다.

맘모그래피는 유방을 가로세로로 기계에 끼워 평평하게 누른 뒤 엑스레이를 찍는다. 이 검사는 잠시 고통을 경험해야 한다. 어렸을 때 셀러리를 싫어해서 코를 빨래집게로 막고 울면서 먹었다. 그 고통과 비슷하지만 울 정도는 아니다. 초음파는 누워서 기계로 찍는다. 이건 아프지 않지만 오슬오슬하다. 둘 다, 의료기사가 옆에서 자세를 교정해 주었다.

검사를 마치고 대기실에 앉았다.

진찰실에서 부르기 전까지 마음이 안정되지 않는다. 다리에 힘이 들어가지 않은 채로 수첩을 펼친다. 오늘의 볼일은 이것뿐이다. 입안이 말라 사탕을 빨아본다. 달긴 한데, 무슨 맛 사탕을 샀는지 기억이 나지 않는다. 아작아작 씹고 말았다.

결과가 좋지 않으면 어쩌지. 이런 생각이 들자 손가락의 힘도 빠졌다. 그렇게 되면 생각할 것. 머릿속에서 몰아내도 다시 뭉게뭉게 피어올라, 배에 힘을 주고 다리를 당겼다.

매년 무섭다. 이유는 모르겠지만 매년 무서워진다.

큰 병을 앓았다고 해서 안 좋은 결과에 익숙해지지는

않는다.

만의 하나의 일이 일어나도 나을 방법은 반드시 있다지만, 기다리는 일이 갈수록 서툴러진다. 몸에 대한 걱정은 더 그렇다. 마음의 허약함과 몸의 허약함, 어느 쪽이 먼저였을까? 달걀과 닭처럼 되돌아본다.

바로 얼마 전에도 이런 일이 있었다.

커피집에 있다가 문득 옆에 있던 거울을 보았다. 오른쪽 눈이 갑자기 빨갛게 충혈되어 있었다. 안약을 넣을까? 말했다.

"잠깐 두고 보면 어때?"

마주 앉은 사람도 최근 한 달 정도 흰자가 빨갛게 충혈되어 있었다. 이마를 부딪쳤는데 지금은 아프지 않아 그냥 내버려두고 있다고 했다. 만날 때마다 걱정했는데 점점 빨갛던 게 사라져 이제는 아무렇지도 않다.

그 자리에 멈추어 상황을 지켜보는 일을 정말 잘 못해. 이렇게 말하는 나에게, 그럼 함께 있는 동안만이라도 그냥 놔둬 보자고 했다. 신경 쓰지 않고 있다가 집에 돌아가기 전에 화장실 거울을 보니, 오른쪽 눈은 더 이상 빨갛지 않았다.

나이가 들고 비슷한 경험이 쌓일수록 모르는 게 약이라고만 치부할 수 없게 되니, 참 신기하다. 어찌 되었든, 다른 데에 정신이 팔린다는 건 한가하다는 증거다.

나약하다. 참 한심하다.

고개를 떨구고 눈을 감았을 때, 이름이 불렸다.

의사는 선명하지 않은 흑백 사진을 보며 설명한다.

이것은 수분. 이것은 지방, 이것은 석회인데요. 뭐, 나쁜 영향을 끼칠 걱정은 안 해도 되겠네요.

"좋아요. 매달 직접 상태를 확인하고, 별일 없으면 내년 이 무렵에 다시 오세요."

저녁이 되어 목욕탕에 갔다. 기계에 납작 눌리고, 지레짐작에 가슴 졸이며 무서운 경험을 한 유방을 달랜다.

탈의실에서, 탕에서, 수많은 유방이 편하게 쉬고 있다. 뿌옇게 된 욕실 거울을 들여다본다. 오른쪽보다 왼쪽이 큰 이유는 심장이 안에 있어서일까? 부처님의 좌우는 대칭이지만, 사람은 다르다. 오른손잡이라, 근육이 좀 있어 작은 걸까?

아름다운 단미쓰(壇蜜) 씨가 잡지에 가슴 체조라는 것을 소개했다.

양팔을 옆으로 쭉 뻗어 비튼다. 어깨와 목의 근육을 쭉 늘린다. 그런 다음 손을 갈퀴처럼 만들어 겨드랑이 아래에서 가슴 옆으로 흐르는 림프를 따라 쓸어내리다가 마지막으로 가슴을 흔든다. 서른 번. 그러면 뭉쳤던 근육이 풀리고 모양이 정돈된다. 크림이나 오일을 바르고 하면 더 효과가 좋다. 현명하고 건강한 단미쓰 씨의 관리법은 간단하고 알기 쉬웠다.

잡지를 찢어 벽에 붙여 놓고, 여름 내내 목욕한 다음 해보았다. 눈에 띄는 효과는 없었다. 어깨 결림은 조금 나아졌다. 이게 다 단미쓰 씨 덕분이다. 고마워요.

건강한 유방은 작아도 출렁출렁 흔들린다. 지금까지 지었던 잘못을 속죄하는 듯한, 갓난아기를 어르는 듯한 떳떳하지 못한 마음이 있다.

신경 쓰지 않고 방치한 것은 유방뿐만이 아니다. 그런데도 손발보다, 늘어진 배보다, 쪼그라든 엉덩이보다 데면데면하면서, 어딘지 내 것이 아닌 양 흠칫거리며 대해 왔다.

다른 사람보다 빨리 몸이 성장해서 다른 사람보다 빨리 부풀기 시작했다.

초등학교 4학년으로 전학을 갔을 때, '가슴이 크구나' 하고 매일 아침 말을 걸어오는 여자아이가 있었다. 그 아이도 나와 비슷했다. 자기가 듣고 싶지 않으니까, 선수를 쳤다. 상대를 안 하면 대꾸할 때까지 끈질기게 쫓아다녀서 난감했다.

6학년 때는 브래지어를 하는 친구들이 하나둘 있었다.

중학교에 들어가자 완전히 달라졌다. 모두 브래지어를 했다. 아직 할 필요가 없어 보이는 친구도 입기 시작했다. 브래지어는 부드럽고 둥근 가슴을 보호하고 예쁘기까지 한데도, 그 글자의 나열은 언제 보아도 매력이 없었다.

중학교에서 성장이 멈췄다. 경마에 비유하자면, 선행으로 달리다 힘이 빠진 말. 풍만한 가슴과는 거리가 멀다.

속옷을 사달라고 말하기가 부끄러웠다.

"이제 다들 하니까."

겨우겨우 말하자, 아직 필요 없을 것 같다면서 내키지 않다는 듯 건네는 돈을 받았다.

옷을 살 때는 늘 함께 갔으면서, 처음으로 할 브래지어를 살 때는 왜 혼자 갔을까?

나카노브로드웨이(中野ブロードウェイ)에 있는 가게에서 이만하면 되겠다 싶은 걸로 골랐다. 가게 아주머니들도 아무 말 하지 않았다. 어른이 되는 일도, 가슴이 커지는 일도, 전혀 기쁘지 않았다. 아무 말 없이 입꼬리를 축 늘어뜨리고 울고 싶어졌다. 꽤 시간이 흐른 뒤에야 등에 있는 훅을 앞쪽으로 돌려서 채우지 않고 입을 수 있게 되었다. 목욕하고 나와 머리에 수건을 감을 수 있게 된 것도 회사원이 되어 목욕탕에 다니면서 겨우 익혔다. 여자답다는 몸짓에는 모두 서툴렀다.

성장을 환영받지 못하는 듯한, 불안이 옅게 깔린 쇼핑이었다. 지금도 마찬가지다. 속옷 판매점에 갈 때마다, 나 혼자구나 생각한다. 제대로 배우지 못했다는 불안감이다.

요즘 점원들은 줄자로 정확하게 재준다. 피팅룸까지 따라 들어와 입었을 때의 모습까지 봐준다.

작년 연말, 제비뽑기로 상품권이 당첨되었다. 따로 사고 싶은 것은 없었다. 신년이라면 새로운 속옷이다. 이걸로 기분 좀 내자 싶어 백화점에 가서 베테랑 점원에게 상담했다.

"실례하겠습니다."

커튼을 열고 피팅룸에 들어오자마자, '치수가 안 맞네요, 잠시만 계세요' 하고 말했다. 내가 전했던 치수가 아니라고 했다.

"이제 어떠세요? 손바닥으로 등에서부터 가슴으로 끌어와서. 네, 아주 잘 모아졌네요. 손님 같은 가슴은 한 달만 지나도 모양이 달라질 거예요. 다행이에요. 어떻게 달라질지 기대되네요."

정말 좋아요. 점원은 만족스럽다는 듯이 끄덕였다.

이런 가슴이란 어떤 가슴인가요? 기대되네요. 유방은 아무 말도 하지 않는다. 마음을 녹여주는 말에 드디어 사춘기가 끝난다. 입꼬리를 축 늘어뜨린 채, 떠나보내지 않고 끈질기게 기다리길 잘했다.

노래하다 うたう

물들기 시작한 산으로 떠났다. 강가에 위치한 노천탕을 고대하면서 한 시간 정도 흔들리는 버스를 탔다. 승객이 하나둘 내려, 마지막 두 사람이 되었다. 걷다 보니 흔들다리가 나왔다.

반대쪽까지는 300미터. 눈 아래는 진한 초록색 댐 호수가 흐른다. 다리를 건너는 데는 이용료가 필요했다. 일본에서 제일가는 다리라고 했다. 굳이 건널 필요는 없었다. 숙소에 연락한 뒤 여기에서 기다리면 차로 데리러 오니까. 그런데 난감했다.

30대 중반에 난시가 심해져 아래에 움직이는 것이 있으면 육교여도 발이 떨어지지 않는다. 요즘에는 계단이 물결치듯이 보인다. 절 연못에 놓인 짧은 무지개다리도 난간을 잡아야 건넌다. 발아래도 좌우도 되도록 보지 않으면서, 흔들림은 느껴지지 않는다고 스스로 되뇌면서, 어둠 속에서 숨을 멈추는 듯한, 바닷속으로 잠수하는 듯한 각오로, 잰걸음으로 건넌다.

학생 때는 시부야역 앞에 십자로 걸쳐진 거대한 육교를 매일 아침저녁으로 분주하게 뛰어다녔다. 그런데 얼마 전에는 그 육교를 건너기 싫어 신호가 있는 곳까지 멀리 돌아갔다. 25년, 겨우 25년의 퇴화다.

중년의 부모님은 훨씬 건강해 보였다. 엄마는 성큼성큼 어디든지 잘 다녔고, 아빠는 한술 더 떠 운동회에서 뛰기도 했다. 여름방학에 갔던 이와테현 가미코치(上高地)에도 커다란 다리가 있었다. 가족 넷이 폴짝폴짝 건넜다.

여행지에서도 흔들다리는 피했다. 일로 가는 여행에서는 진짜 목숨을 거는 심정이었고, 부끄럽게도 도중에 흐물흐물 주저앉아 울먹인 적도 있었다.

혼이 나도, 황당해해도, 할 수 없는 일은 할 수 없었다. 평생을 함께해야 하는데도, 두 다리는 천방지축 강아지처럼 말을 듣지 않는다. 나이를 먹을수록, 이런저런 일을 겪을수록, 무서움에서 오는 고집은 거대해진다. 늘어나기까지 한다. 지식이나 경험은 귀신보다 무섭다. 모르는 채로 사는 편이 훨씬 속 편한데도 알고 싶다는 마음에 져서, 마흔 중반인데도 온몸이 훌린다.

다리 끝에서 주변을 둘러싼 산을 멍하게 둘러본다.

저 근처, 건너편 저 근처, 저기도 조금 붉어졌네. 얼버무린다.

"무리해서 건너지 않아도 돼요."

댐 호수는 구불구불 이어지고, 산 하나 너머는 단풍이 더 들어 있는 듯했다. 다리 중간에 가면 보여요. 다리를 건너온 사람이 말했다.

동행한 이는 전혀 무서워하지 않고 일부러 여기까지 왔으니까 건너고 싶을 텐데.

"미안해요. 손 좀 잡아줄래요."

손바닥과 손바닥. 목을 굵직한 엄지손가락으로 누른 것처럼 목소리가 갈라졌다.

완강히 버티면 웃음거리가 된다. 손바닥에서 땀이 나서 부끄러웠다.

붉고 노랗다.

먼 곳을 보듯이, 흔들림에 몸을 맡기듯이 하면서 건너세요. 평상시와 정반대의 일을 권한다.

몸은 꼼짝을 안 하고 엉덩이는 뒤로 빠졌다. 그 모습이 이상해 또 웃음거리가 되었다. 먼 산을 흘낏흘낏 훔쳐보았다. 아무리 아름다워도 역시 수면은 내려다볼 수 없다.

"무서운데."

난간을 꽉 붙잡고 뒤돌아본다. 되도록 다른 움직임은 하고 싶지 않다. 바로 뒤에 아주머니가 있었다. 눈이 마주치자, 자기도 그렇다면서 남편의 손을 잡았다. 태평하게 주변을 구경하던 아저씨의 햇볕에 그을린 얼굴이 순간 경직되었다. 오랜만에 손을 잡았나 보네.

엉금엉금 한가운데까지 오자, 동행한 사람이 어떻게 할지 물었다. 끝까지 건널 것인가, 되돌아갈 것인가.

어젯밤, 추웠으니까. 별이 참 예뻤죠. 저편에서 돌아오는 사람들이 힘차게 다리를 흔들며 지나간다. 신발 바닥에서 머리 가마까지 쭈뼛하게 서서 소용돌이가 일어났다. 무릎에 힘이 빠진다. 크게 숨을 내뱉고 천천히, 넓은 이마를 앞쪽으로 향한다. 조금 전 본 단풍을 응시하며 나아간다. 오른쪽 발이 지면에 닿았다. 아, 참 길었다. 목소리가 나왔다.

흔들다리는 10년 만이었다. 무서웠지만 다시 건넜다.

기쁘다. 그리고 싱겁다.

다리를 건너니, 원숭이 재주부리기를 하는 아저씨와 원숭이가 심심하다는 듯이 있었다. 앞을 지나갈 때, 훌쩍 한 바퀴 돌았다. 이 원숭이는 매일 흔들다리를 건너 출퇴근할까? 정말 대단하네.

자동판매기에서 녹차를 사서 전망대를 둘러보았다. 확실히 산들이 첩첩이 중첩되어 있어, 다리 한가운데에서 보는 것이 가장 예뻤다. 그나저나 시력 탓이 아니었다. 그저 무서워서 건너지 않고 있었던 것뿐이었다. 공포심은 아주 고집불통이다.

돌아가는 길에는 한가운데까지 손을 잡고 건넜다. 양손으로 난간을 붙잡는다.

초록색의 깊은 댐을 내려다보았다. 물고기가 튀어 올랐다. 백로가 있었다. 오리 가족이 옹기종기 모여 있었다.

손을 떼었다가 다시 잡는다. 아까보다는 훨씬 괜찮았지만, 이번에 혼자 건너지 않으면 건넜다고 할 수 없다. 도움을 받아 건넌 셈이니까.

손을 잡았지만, 만의 하나의 일이 생겼을 때 구해줄 수 있을 만한 손은 아니었다. 아까 본 아저씨도 그렇고, 이 사람도 그렇고. 손바닥이 축축해져 있을 때는 그런 생각을 할 겨를조차 없었다.

나와는 다른 피붓결, 따스함. 그리고 시선을 점점 먼 곳으로 향하게 한 것은, 바람이나 스쳐 가는 사람들의 기척으로 쉽게 날아가 버린, 희미한 노래였다.

무슨 노래야? 물어보면 멈추었다. 콧노래는 잠꼬대와 비슷하니까, 조용히 숨결이 잦아드는 쪽으로 따라갔다. 그러면 반드시 예쁘게 물든 나무가 있었다.

지난번에 육촌 형제의 결혼 피로연이 있었다.

육촌 형제들이 태어났을 때, 그 아이들의 부모는 일로 바빴다. 혼자 단출하게 생활하던 우리 할머니가 도와주러 갔다. 여름방학에는 할머니를 만나러 가서 자고 왔다. 할머니 덕분에 육촌 형제들과 친해졌다.

40대에서 20대까지, 열두 명. 완전히 어른이 된 그 아이들과 만나면, 지금도 모두 어렸을 때와 같은 목소리로, 지이 누나, 지이 언니, 하고 부른다. 그리고 꼭 이상하게 입을 크게 벌리고 함박웃음을 짓는다. 귀엽다.

조심조심 안아주거나, 젖병도 물려주고, 숟가락으로 죽을 떠서, 아 하면서 먹였다. 아기들은 정말 귀여웠다. 모두 훌륭하게 잘 자랐다. 돌아가신 할머니를 아직 기억한다고 했다.

피로연에서 돌아오자 역시 감기에 걸렸다.

신칸센의 건조함과 추위. 이 조합이면 꼭 열이 난다. 미리 약을 먹어도, 마스크를 해도, 따뜻하게 데운 컵 술을 마셔도 아무 소용이 없었다. 포기하고 이틀 동안 누워 있었다.

병원에 가니, 입구 문에 손을 대기도 전부터 울음소리가 들려왔다. 오래된 유리가 가늘게 흔들릴 정도였다.

슬리퍼를 신으며, 정말로 빨개서 핏덩이라고 하는구나 생각했다.

아주 물 좋은 참문어 비스름한 것이 하늘하늘 블라우스를 입고 버둥거리고 있었다.

"에구에구, 괜찮다니까. 울면 더 힘들어."

팔자 눈썹의 엄마가 아이를 안은 채, 어르고 달래고 엉덩이를 토닥이며 서성이고 있었다. 말을 걸수록 아이는 목이 쉴 만큼 목청 높여 울었다. 주먹을 입에 넣으니 채소가게 아저씨처럼 음량이 넘실거렸다. 말도 못 하면서 어떻게 저렇게 악을 쓰며 저항하지? 엄마가 어떤 마음일지

다 꿰뚫어보고 일부러 그러는 거겠지. 눈이 마주쳤을 때 힘을 팍 주고 쳐다보았다. 기가 센 아가씨라 기죽는 기색도 없다. 엄마와 딸이 분명한데 공주와 집사처럼 보였다.

안타깝게도 병원 대기실에는 몸이 안 좋은 사람만 모여 있는 법이다. 대놓고 싫어하는 표정을 짓는 할아버지도 있었다. 그러고 보니 요즘 들어 사람들이 혀를 차는 소리를 듣는다. 그 소리는 의외로 멀리까지 날아간다. 일촉즉발의 세상, 불에 기름을 붓는 것도 모자라 성냥을 긋는 소리처럼 들려 섬뜩하다.

나는 신경질적인 아이였으니까, 엄마는 되지 않았으니까, 엄마보다 갓난쟁이의 속마음을 더 잘 안다. 이 나이에 이런 말하기도 부끄럽다. 하지만 갓난아기의 눈은 이런 장면을 용케도 기억한다.

미야기현 고리야마(郡山)의 겨울 하늘을 향해 소리를 지르면 하얀 입김이 솟아올라, 콧물과 침과 눈물이 따뜻했다. 덥고 시끄러운 열차의 연결 통로. 야마가타의 작은 정원에서도, 북처럼 짊어지고 달래주었다. 달래는 리듬에 맞춰 엉덩이를 토닥이면 울음소리가 으와아앙 으와아앙 으와아앙 하고 흔들려서, 결국에는 이상해졌다. 그게 분해서 더 울어 젖혔다. 엉엉 으앙 하고 울고 있으면 손바닥을 입에 대서, 아와와와와왕, 하고 당했다.

"울어라 울어, 더 크게 울어."

엄마가 웃기 시작하면 분해서 울음을 그쳤다.

울지 않는 날이 없었다. 매일 아침 유치원에 가기 전, 오늘은 울지 않기로 새끼손가락을 걸고 약속했다. 약속은 매일 지키지 못했다. 그러니 죽으면 지옥에 갈 거다. 바늘은 1억 개 삼켜도 부족하다.[1]

우리 아가 참 착하지
우리 아가 코 자자
아가야 코, 코, 코 자자

팔촌들이 울면 할머니가 노래를 불러주었다.

아가야 하는 부분에 그 아이의 이름을 넣어서 불렀다. 노리짱, 다쿠짱, 히로짱, 도시짱, 다에짱, 가에짱, 노부짱. 이 노래를 불러주었다. 초등학생이나 되었으면서 우리 할머니인데 왜 다른 집 애들에게 노래를 불러주느냐며 뽀로통했다. 우리 집도 아니잖아. 질투에서 오는 억지였다.

전국판 〈잘 자라, 우리 아가(ねんねんころりよ)〉 같은 자장가처럼 말고, 에노켄[2]이 밝으면서 장난스러운 선율로 불러도 좋을 텐데. 엄마도 자장가를 불러주었다. 친척들

---

1 불교에서 중생이 죄를 지으면 가는 여덟 개 큰 지옥 중 바늘로 뒤덮인 산을 기어오르는 지옥이 있는데 거기에 빗댄 표현이다

2 일본의 희극 왕이라고 불린 코미디언이자 배우인 에노모토 겐이치(榎本健一)를 말한다. 에노켄은 애칭.

도 이 자장가를 불렀는지는 모르겠지만, 우리 오빠와 팔촌 형제들은 이 노래를 실컷 들었을 것이다. 이 노래도 이제 사라지려나. 누군가가 계속 불러줄까?

어떤 자장가를 듣고 자랐나요?

좁은 지역에서 물어보고 다니는 일은 꽤 재미있다. 사람이 태어나 가장 처음 듣는 노래. 지금이라면 분명 더 많은 노래를 들려주겠지.

그 무렵에도 엄마와 함께 레코드를 틀고 노래를 많이 불렀다. 코끼리, 강아지 경찰 아저씨. 가장 좋아한 노래는 드롭스 노래(ドロップスのうた)[3]였다. 신도 울보였으니까.

노래에는 저마다 냄새가 있다. 꽃이기도 물이기도 수증기이기도 하다. 가끔은 거리에서 그 공기가 스쳐 지나가면 불쑥 음이 넘쳐난다. 몸과 냄새가 녹아버린 것처럼, 처음에는 노랫소리가 들리지 않는다. 아, 노래하고 있었네. 깜짝 놀란다. 투명 인간의 능력이 약해져 세상에 점점 모습이 드러날 때처럼. 눈에 보이지 않을 때는 다른 누군가를 위해서가 아니라 어딘가에서 탯줄을 잡고 둥글게 몸을 웅크린 아이를 어르고 달래고 있다.

온천에서 돌아가는 길인데도 흔들다리 탓에 허벅지랑 팔뚝이 아팠다. 기념품으로 박고지 절임을 샀다. 꿀도 샀으면 목에 좋았겠지.

---

3   드롭스는 사탕을 말하며, 이 동요에서 울보 신이 흘리는 눈물을 사탕으로 비유한다.

잇다 わすれる

연말에는 대청소를 게으름 피우고, 최소한 이거라도 하자는 마음으로 책장에서 넘쳐나는 CD를 정리한다. 상처가 생긴 것들을 솎아낸다. 3년은 듣지 않은 것도 빼놓는다. 그중에서 오래 갖고 있어 정이 들었거나 듣고 싶어진 CD는 다시 책장에 꽂는다. 나머지는 다음 바자회에 내놓는다.

다른 사람들은 이런 판단을 어떻게 하는지 궁금하다. 처분한 뒤 다시 듣고 싶어질지 모른다. 그건 내일일 수도 있고 10년 후일 수도 있다. 아니면 그런 날이 영영 오지 않을 수도 있다. 저세상에서 발을 동동 구를지도 모른다. 책도 마찬가지다. 그렇지만 책은 마음만 먹으면 국회도서관에 가서 읽을 수 있다. CD는 그렇게 할 수 없다.

인터넷을 활용하면 다시 손에 넣을 수 있을 줄 알았다. 그런데 세상은 넓은 듯 좁아서 구할 수 없다. 상처가 생겨서 더 이상 들을 수 없는 앨범이 꽤 많다. 집 근처에 있는 중고 레코드 가게에 친절한 점원이 있어서 이것저것 추천도 해주고, 찾고 있는 CD를 발견하면 연락해 준다. 그런데도 아직 전부 다 구하지 못했다. 컴퓨터에 저장해 두면 된다고 모두가 이야기하지만 귀찮기만 하다. CD 플레이어도 고장 난 지 10년이나 되었는데 그대로 있다.

처분하려고 마음먹은 다섯 장의 CD를 들으며 환풍기를 씻었다. 그렇게 두 장. 창문을 닦으면서, 세 장. 또 듣고 싶어지면 책장에 되돌려 놓아야지 다짐했는데 얼룩을 닦는 일에 정신이 팔려, 결국에는 그렇게 정한 일조차 잊었다.

나란 사람 참 매정하구나, 나이도 먹을 만큼 먹었으면서. 중얼거린다.

정말, 정말, 저엉말, 정말.

건너편 베란다에서 이불을 두드리는 소리가 들린다.

안 좋은 일도, 좋은 일도, 잠이 들면 전부 잊는다.

젊었을 때는 그렇게 간단하게 잊을 리 없다고 생각했다. 그런데 갈수록 그렇게 된다. 헛웃음이 날 정도로 너무 잘 잊어서, 도무지 생각이 나지 않는다며 몸을 배배 꼬는 일조차도 사라진다. 전부 스마트폰 선생님에게 물어본다. 완전히 바보가 되었다.

위산이 식도로 넘어오니까 병원에서 밥을 먹고 2시간은 누우면 안 된다고 했다. 그런데도 추워지면 이불의 유혹에 쉽게 넘어간다. 너무 졸려서 해가 있을 때 저녁을 먹는 날도 있다. 잠들지 않으려고 근처에 있는 술집을 기웃거린다. 겨울에는 늘 졸리다. 울 담요로 감싸고 있어도 양이라곤 한 마리도 세지 못한다. 어젯밤에도 불을 끈 기억 조차 분명하지 않다.

누우면 까무룩 잠이 든다. 꿈에서 우는 일도 이제 없다. 꿈 자체를 꾸지 않게 되었다. 가사 상태와 같은 심해를 유유하게 헤엄칠 때는 대왕오징어의 기분이 되고 싶다.

괴로운 일, 서툰 일은 안 해도 상관없게 되었다. 지시 받으며 일하는 일도 줄었다. 그러다 보니 심신의 부담이 덜어졌을 것이다. 늘 돈이 없다거나 사람과의 관계가 내 키지 않는다거나 그런 일은 여전하다. 그런데 그건 시험 과 비슷해서 이미 많은 문제를 풀어냈기 때문에 그럭저럭 헤쳐 나갈 수 있다. 사람도 돈도 밀려왔다가 어딘가로 돌 아간다. 내일도 이 몸 하나면 충분하다.

잠도 안자고 술을 마시는 밤은 이제 누군가 세상을 떠 난 날 정도일까.

최근 1년 사이만 해도 꽤 많은 이가 저세상으로 건너 갔다. 갈수록 저쪽 세상이 북적이지만, 아직 죽는 일은 무 섭다. 병에 걸리면 낫고 싶다. 추위를 잘 타는 체질을 개선 하고 싶어 한방약을 챙겨 먹을 만큼 욕구도 강하다. 그런 데도 먹는 걸 자주 잊는다.

식전에 하루 세 번. 전날 밤, 책상 위에 약을 세 봉지 놓 아두고 잔다.

아침에 일어나면 바로 책상에 앉는다. 끝나면 배가 고

파 의자에서 일어나 아침밥을 만들어 먹는다. 다 먹고 나서야, 아뿔싸.

또 잊었다.

이런 일은 이야기하기 시작하면 끝도 없다.

몸으로 배운 일은 잊지 않는다고 한다. 그러고 보니 아이들은 어려움 없이 배운다. 어른은 꽤 고생고생하며 주입한다. 일단 외우면, 잊는 게 더 나은 일도 잊지 못한다. 습득은 무거운 짐을 짊어지는 것이나 다름없다.

발레를 배우면 훌라댄스가 서툴러진다. 훌라댄스에 익숙해지면 중심이 낮아져 빙글빙글 돌지 못한다. 둘 다 배웠다고 가와치온도(河内音頭)[1]를 바로 출 수 있는 것도 아니었다. 결국 뭐든지 그때뿐이다.

매일 아침 라디오 체조를 하면 어디가 삐걱거리는지 평소에 알 수 있다. 사실 희로애락도 마찬가지인데, 잘 모른다. 우둑, 우두둑, 우지끈 소리를 내주면 좋을 텐데.

사악한 마음이 뒤엉키기 전에 후련하게 떠나보내는 편이 낫지 않아? 분노와 슬픔에 휩싸여 헤매고 있으면 친한 사람이 분명 이렇게 이야기할 것이다. 몸으로 배웠으니까 잘 알아. 오래 가지 않았으면 좋겠어. 이렇게 말한다.

---

1 오사카부 야오시(八尾市)를 중심으로 가와치지방(河内地方)에서 행하는 구술 형식의 노래 가와치온도를 부르며 추는 춤. 가와치온도의 가사는 즉흥적으로 만들어 부르는 일이 많다.

상처받기 쉬운 것과 자존심이 센 것은 비례해. 잊을 수 있다면 행복할 거라니, 그런 엔카(演歌) 가사 같은 말 하지 마. 이런 말을 자주 들었다. 지독한 술주정을 받아주던 사람은 이제 저세상 사람이 되었다. 그리고 이 세상에 있는 나는 이제 행복하다. 전부 다 잊었으니까.

정말 안간힘을 썼다. 뭘 보든지 떠올리면서 잊지 않으려고 했다.

지금도 계절의 길에 흔적이나 함께 나눈 대화가 포개어진다. 그런데 그 잔상은 어쩌다 가끔 흐릿하게만 떠오른다.

미련이나 연모가 어떻게 멀어지는지 끝까지 지켜볼 테다. 그런 마음으로 애를 쓸 때마다 울었다. 목이 찢어지고 피를 토하는 게 꼭 두견새 같다며 웃었더니, 그대로 몸이 망가졌다. 그렇더라도 온몸을 언어로 보고 싶어서, 다른 사람의 도움은 빌리고 싶지 않았다. 지금보다 훨씬 더 지구력이 있었다. 등산을 했으니까 그랬을지 모른다. 그무렵 이미 나이도 먹을 만큼 먹어 넘어져도 그냥 일어나지 않았다.

"내가 할 거야. 혼자서 할 거야."

어렸을 때는 무슨 일이든 이렇게 우기다가 어른의 도움을 받으면 분개하고 울면서 항의했다. 그때와 전혀 달라진 게 없다. 기막혀해도 포기하지 않았다. 계속 시위하며 쭈그리고 앉아 있을 속셈이었다. 매섭게 노려보는 대상은 상대방이 아니었다. 얼마나 약해지는지, 꼴사납게 집착하는지, 한 번이라도 만나겠다고 얕은 수작을 부리는지. 몸부림치다가 훌훌 털고 제자리로 돌아가는지, 그걸 알고 싶었다. 아이와 다른 점은 결말을 어렴풋이 알고 있다는 것이다. 잃어도 살아 있다.

그런 인체실험은 예상했던 대로였다. 2년도 되지 않아 물러날 때가 찾아왔다. 구태여 보려고 한 응보로, 몰라도 좋을 것을 알았다. 가장 힘든 것은 병도, 너무 그리워서 울었던 것도, 퉤 하고 쏟아냈던 피의 맛도 아니었다.

회복 요양을 위한 산책길, 우연히 지나던 신사에서 두 손을 맞대고 기도한 뒤 본전의 거울을 보았다. 그 순간, 불쑥 튀어나왔다.

언젠가 행복을 기원할 수 있게 되기를.

아직 마음에 존재하지 않는 목소리가 주르륵 미끄러져 나왔다. 깜짝 놀라 입술을 손으로 꾹 눌렀다.

분명 그 사람은 그날 아침에도 같은 곳에서 잠들어 있었을 것이다. 떠나가는 것은, 학교에서 배운 대로 두 번 절하고 두 번 손뼉 치고 한 번 절하는, 이 마음과 몸.

그때의 높은 산에서 맞은 겨울 해돋이. 사방이 온통 붉게 물들어 이루어지지 않았다. 신이여, 본심이란 어디에 있나요? 하는 말, 하는 행동마다 너무 매정해 아연실색한 나머지 기운이 빠져 걷는 것조차 잊을 정도로 낙심했다. 텅 비었는데도 눈부셨고, 하늘은 무정했다.

그 이후로 점점 본심 그 자체를 떨쳐내고 경계가 심해졌다. 그것도 좋은 일이라는 것을 알게 된다. 분명히 큰 병을 앓고 있는데도 기운이 나니까. 한밤중에 잠에서 깨어도 다시 눈을 감으면 잠이 든다. 회복의 슬픔에 비하면 발단이 얼마나 비참했는지는 별거 아니라고 깨닫는다. 그렇게, 완전히 나았다.

깨끗하게 끝내고 싶다. 어두운 구멍을 파면 화석 조각 정도는 찾을 수 있다. 그런 마음이었다. 손톱에 흙이 끼고 손발에 멍이 들고 머리는 먼지투성이가 되어 지쳐서 너덜너덜해져도 멈추고 싶지 않았다. 잊고 싶지 않았다. 학창 시절 그 어느 때보다 열심히 암기했는데 2년도 걸리지 않고 멀어졌다.

그렇게 지금은 잊었다는 그 사실조차도 잊어버릴 듯해 기가 찬다. 재회해도 전혀 괴롭지 않다. 오히려 그 사실이 실연했을 당시보다 훨씬 매섭다. 사악함이 사라졌다 해도 선한 사람은 아니다. 그리고 몸은 기억하고 만다. 관찰 기록은 한 권의 책이 되었지만, 다시 읽지는 않는다.

마음은 속아준다. 몸은 정론을 들이민다. 어느 쪽이 건전한지는 모르겠다. 그러고 보니, 깜빡깜빡 잊는 일을 건망증이라고 말하지 않게 되었다. 치매라든지 알츠하이머보다 훨씬 더 아픈 사람에 대한 배려가 있는 말이다.

주변에 건망 사항을 흘리면서 살아간다. 아, 모르겠다, 내일 해야지. 그렇게 별일을 다 겪었는데도 내일이 반드시 온다고 생각한다. 참 뻔뻔하다. 별일이 많았으니 그렇게 익숙해졌는지도 모른다.

잊고 싶지 않은 일조차 잊어버리니, 과거의 B면은 더 많이 잊었다. 한 사람 분으로 받은 것보다 훨씬 더 많이 짓밟고 상처를 주고, 그대로 버려두고 떠났다.

누구나 잘 잊는 것은 아니니까.

웅크리거나 손으로 상처를 감싸며 신음하던 친구는, 가족은, 초목은, 고양이는, 어제 전철에서 부딪힌 모르는 남자는, 그 고통을 용서해 주었을까. 용서하지 않았더라도, 잊고 살아가고 있을까. 이제는 확인할 수 없다. 언제 어떻게 해서 그 칼날을 휘둘렀는지, 바로 조금 전의 한순간조차 분명하지 않으니.

사람과 만나면 두렵다. 언젠가의 말, 공정함의 실패, 마음의 엇갈림, 속이 뒤집히는 이런저런 일들, 눈을 내리깔고 굴리며 몸의 불화를 더듬어 간다. 아무것도 하지 않았을 리가 없다. 오늘 저녁, 눈앞에서 맥주를 벌컥벌컥 마시는 이는 그런데도 만나자고 해주는 사람들이다. 신과 다름없는 관용을 짊어진 고마운 사람들이다.

좋아하는 사람이어도 잊고 만다. 어제도 그랬다.

무슨 무슨 타로. 타로가 들어가는, 한자 여섯 글자.

덩치가 있는 민머리와 안경. 아사쿠사에 탄생비가 서 있다. 연극 각본, 소설, 에세이도 썼다. 무엇보다 하이쿠가 훌륭하다. 단자쿠(短冊)[2]에 쓴, 작고 부드러운 글자. 하지만 타계 후, 사람들에게 좋은 소리는 못 들었다. 신사 유시마 텐진(湯島天神)[3]의 계단 근처에 살았는데, 서양화가 우메하라 류자부로(梅原龍三郞)의 집에서 조개가 목에 걸려 사망했다.

간다강 줄기
축제 한가운데를
흐르는구나[4]

유도후(湯豆腐) 혹은
생명의 끝에 비춘

---

2 하이쿠를 쓰는 두껍고 조붓한 종이.

3 정식 명칭은 유시마텐만구(湯島天滿宮)로 도쿄 분쿄구 유시마에 있는 신사다.

4 1925년 구보타 만타로가 지은 하이쿠다. 원문에서는 축제라는 뜻의 '마쓰리'를 계절어로 써 여름을 나타냈다.

희미한 불빛[5]

이런 하이쿠는 술술 나오면서 이름을 모르겠다. 우메하라 류자부로라는 이름은 1년에 한 번 내뱉을까 말까. 곳간 저 깊숙한 구석에 있는 이름은 나오는데. 이러면 참 난감하다, 생각해 내야 한다. 이런 생각이 스치는 순간은 뇌에 산소가 돌지 않는다. 간질간질하다. 뇌에 효자손은 닿지 않는다. 그렇게 잠시 정신이 아득해진다. 두개골에 미지근한 실곤약을 쑤셔 넣은 듯한 감촉. 이럴 때 뇌세포의 알갱이들은 톡 터져서 죽어 있는 것일까? 일터에서 팔짱을 끼고 있자, 검색해 보자며 도움의 손길을 뻗어왔다.

아, 구보타 만타로(久保田万太郎)네요.

좋아했다고 생각했는데 잊고 있었다. 몇 가지 사소한 일을 어설프게 알고 있었을 뿐이었다. 좋아했던 게 아니었다. 몸과 마음에 깃들어 있지 않은데 아는 척을 했다. 부끄러웠다.

창피해서, 이 정도로 기억이 나지 않는 건 사람에게 이름 따위 필요 없어서이지 않을까 생각했다. 어차피 죽으면 저세상 이름이 될 테니까. 하늘을 향해 혀를 내밀었다.

지금이야 그 부끄러움조차 이틀도 가지 않는다. 그러

5 구보타 만타로가 말년에 지은 하이쿠로, 유도후는 하이쿠에서 겨울을 나타내는 계절어다. 유도후는 다시마 국물에 익힌 두부를 소스와 함께 먹는 두부 요리로, 11월에서 1월의 겨울 생활을 표현한다. 유도후에서 피어오르는 수증기처럼 인생은 덧없다는 것을 마지막 구절 '희미한 불빛'으로 표현했다.

니 여기에 써두어야 한다. 비망록만으로는 부족하다.

잊었다고 깨달을 때마다 그 사정을 늘어놓아야 한다.

몸을 쭉 빼고 망각의 상자를 들여다본다. 잠의 나라에서는 양이 풀을 뜯어 먹는다.

울다 없

내일 아침까지 펴 있을까?

책상 위에 있는 유리병을 턱을 괸 채 바라본다. 마지막 순간을 지켜보는 듯한 고요함. 기특하게도 겨울 장미가 열흘이나 피어 있어준다. 서쪽 지방 사람이라면, '피어 있어주신다'라고 하겠지. 이 말이 훨씬 더 잘 맞는다.

꽃잎이 부드럽게 벌어졌다. 지난주 수요일에 사 왔는데 그다음 날 꽃과 만났다. 그때 하얀 장미는 초록빛을 띠었다. 지금은 상아색으로 활짝 펴서 꽃술도 드러낸다. 검지를 갖다 대자 하얀 가루에 감싸이는 듯한 무음의 촉감이 느껴졌다.

물을 바꾸어 주고 가위를 대었다. 꽃대는 이제 10센티미터 정도가 되었다. 방향을 바꾸자 잠시 시간차를 두고 부드럽게 흔들렸다. 차가운 실내에 낮게 퍼지던 향기도 사라지고, 나른하게 기울어진다.

두 송이 장미는 잎도, 굵은 꽃대도, 꽃의 크기도 같았다. 하지만 한쪽은 초록색 꽃받침이 시들어 갈색 줄이 생기기 시작했고, 꽃잎이 떨어지기 직전이라 꽃의 얼굴이 일그러졌다. 이것도 죽을상이라고 할 수 있을까?

그 옆에 있는 꽃은 내일까지라면 복잡하게 부풀어 오른 장미다운 그 모습을 유지할 수 있을 듯하다. 같은 곳에서 재배되어 같은 꽃병으로 여행까지 왔는데. 하루 차이의 수명도 개성이라면, 일상의 조급함이 섬뜩하다.

야심한 밤, 내일모레면 벌써 절분(節分)[1]이다. 드디어 겨울도 끝나간다. 추위의 끝무렵답게 라디오에서 베토벤의 〈9번 교향곡〉[2] 중계가 흐르는 가운데, 바닥에 무릎을 꿇었다. 끝에서 끝까지 다섯 걸음이면 되는 복도를 걸레질한다. 연말연시에는 사람을 너무 많이 만났고, 정작 만나고 싶은 사람과는 갈수록 소원해진다. 드디어 입을 다무는 밤이 다가왔다.

가느다란 실을 질질 끌면서 너무 많이 말하고 웃는다. 실은 뒤엉키고, 사람, 사물, 이런저런 일들이 벌어지는 사이 바깥쪽에는 매듭만 늘어난다. 실도 닳고 닳아 가늘어진다. 모르는 척하면서 수첩에 적힌 대로만 움직였더니, 종이상자 안에 쭈그리고 앉은 것처럼 답답했다. 그리고 기다리는 말은 전혀 다다르지 않는다.

사람에게는 저마다 처한 상황이라는 게 있으니까. 잠

---

1 계절이 바뀌는 입춘, 입하, 입추, 입동의 전날을 말하지만, 에도시대 이후 절분이라고 하면 입춘 전날을 뜻하며 겨울의 마지막 날이다.

2 베토벤의 9번 교향곡은 국내에서는 <합창 교향곡>으로 잘 알려져 있다. 9번 교향곡은 한국을 비롯해 일본 등 해외에서 12월이 되면 연말 공연으로 자주 연주되며 일본에서는 생중계로 연주하는 경우도 있다. 책에서는 며칠 있으면 절분인 2월 3일이 다가온다고 했으니 라디오에서 흘러나온 음악은 중계보다는 중계 재방송이 흘러나왔다고 짐작된다.

들지 못하고 창문을 여니, 하얀 음력 보름달이 넓은 이마를 누른다. 무엇이 사실인지는 지금은 알 수 없다. 모두의 머리 위에 달님이 있지만, 다들 쿨쿨 자고 있다. 기다리는 사람도 그럴 것이다. 할 수 있는 일은 달걀이 삶아질 때까지 복도를 닦는 일뿐이다. 지금 달은 휘영청 떠 있다.

눈도 그치고 날도 개었다. 북풍은 기분 좋게 인적 없는 길을 달려 사라졌다. 울 정도의 일은 아니다. 지금까지도 몇 번이나 있었다. 심하게 경직된 턱과 배꼽 아래의 힘을 빼고, 잠옷에 두꺼운 스웨터를 걸친 다음 복도와 주방의 마룻바닥을 닦는다. 걸레를 빨아 널면서 문득 생각한다.

차라리 우는 편이 나았을까?

싱크대에 선 채로 입을 우물우물 움직여 삶은 달걀을 먹는다. 마음은 한 번에 강한 부분과 약한 부분을 다 드러내는구나. 마치 남의 일이라는 듯 흩어져 있는 하얀 껍질을 바라본다. 작정하고 벗기면 실패하는데, 오늘 밤은 마치 상이라도 주듯이 말끔하게 벗겨졌다.

다시 이를 닦고 침상에서 발바닥 지압 책을 펼쳤다. 냉증과 눈의 피로에 좋은 혈자리를 꾹꾹 누른다. 마음의 모양에도 혈자리가 있다면 좋으련만.

라디오도 끈, 차가운 어둠의 깊숙한 곳에서 커다란 트럭이 다가온다. 밤이 갈라지고 아침이 스며든다.

다시 잠들었다 일어나니 10시였다. 실내에서 시차 적응을 하는 듯한 상태가 이어진다.

기분이 나아지지 않는 까닭은 추위 탓이야. 오늘 하루 이렇게 생각하자며 축 처져 있는 배에 앞치마를 둘렀다. 게으름을 부리던 일도, 집안일도, 서툰 계산도, 도망칠 곳으로 삼으면 집중이 잘 된다.

내뱉는 말은 독선적이다. 수없이 실패해 왔다. 이제는 슬슬 말하지 않을 방법을 익히고 싶다.

이불을 말린다. 장대에 걸 때는 '영차' 하고 들어 올리지 않고, 유도의 엎어치기를 떠올리며 어깨를 사용하면 잘 널 수 있다. 베개를 두드리며 쿠션을 부풀린다. 덤빌 테면 어디 한 번 덤벼봐라. 두들기고 두들기니 바보 같은 투지가 타오른다.

우유를 끓이고 커피를 내린다. 둘을 컵에 함께 넣어 후루룩 마신다.

"아, 맛있다."

넌 말이야, 지금까지 이 건망증 덕분에 살아온 거야. 묘하게 날카로운, 다섯 살 아이 같은 목소리가 귓속을 빠르게 지나간다. 하늘에서 들려온 듯해 마흔여섯의 몸은 어안이 벙벙하다.

이나리초(稲荷町)에 있는 절에서도, 오사카의 신사에서

도 보았으니 분명히 신불이다. 그러니 소원을 함께 들어줄 것이다. 경내가 넓은 곳보다 동네의 작은 곳이 마음 편하다며, 추운 저녁, 참뱃길과 본전 사이의 거리를 눈으로 쟀다.

시대극에서는, 한밤중에 맨발에 피를 흘리고 머리도 기모노 옷자락도 헝클어진 채 아무 말 없이 잰걸음으로 찾아와 손을 모아 기도한 뒤 작은 돌을 늘어놓았다. 그 장면을 보면서 조약돌 백 개를 모으기도 힘들겠다고 생각했다. 지금이라면 교통량 조사원이 길에서 딸깍딸깍하는 그 기계를 사용할까? 현실에서는 오햐쿠도(お百度)[3]를 하는 사람을 본 적이 없다.

신불에게 소원을 맡기고 백 번 빈다. 마지막까지 해내면, 분명 기분 좋은 피로를 느낄 것이다. 열이나 땀이나 흥분으로, 이미 반은 이루어졌다는 느낌이 들지도 모른다. 따뜻해진 몸과 안도하는 마음이 있다면, 소원을 이루기 위해 실행하기도 쉬워진다.

역시 이러지도 저러지도 못할 때는 몸을 움직이는 게 좋다. 남에게 피해도 주지 않고, 현실에서 도피할 수 있으니까. 그렇다면 오늘도 마음껏 도망쳐야지. 의기양양하게 돌아왔다.

환풍기와 목욕탕 타일의 곰팡이를 퇴치하고, 냉장고

3　소원 성취를 위해 같은 길을 백 번 돌며 기도하는 것.

를 정리하고, 구두를 닦고, 운동화를 빤다. 한 입 남은 잼을 넣어 과자를 굽는다. 도망치는 주제에 즐거움까지 찾는다. 불심이 없는 자는 모두 자기 몸을 애지중지할 것.

앞치마를 두르고, 손톱 밑이 검어질 때까지 주전자 바닥을 끝도 없이 닦다가, 이런.

실패했다. 가슴 언저리에 감돌던 그림자까지 완전히 떨어져 나가, 손을 멈추었다.

다시 닦는다. 끙끙대고 있기 싫어서 시작했으면서 끙끙대지 않게 되었다고 낙심하다니, 도대체 무슨 생각일까? 땀도 흘리고 손도 거칠어져 손거스러미가 쓰려왔다. 이번에는 닦아내던 손에게 혼난 마냥 어깨를 움츠렸다.

그거야, 대답은 여기에 없으니까. 내 힘으로 어떻게 할 수 없으니까.

물을 뿌리자 상처투성이인 주전자도 희미하게 반짝였다. 있는지 없는지 알 수 없는, 희미한 그림자가 하늘하늘 돌아온다. 납작한 가슴 언저리를 어루만진다.

행주로 광을 내며, 오햐쿠도라면 훨씬 더 후련할까? 내일도 이렇다면 시험 삼아 해볼까? 맨발은 힘든데. 남의 시선은 부끄럽지만 그렇다고 한밤중은 무서운데. 이 근처에 백 개의 조약돌이 있기는 할까?

쌀을 씻고, 국물을 내고, 밥을 짓고, 국을 끓이고, 고기를 구웠다. 신기하게도 걱정거리가 있으면 식욕이 돈다.

올지도 모를 일을 대비하는 건지, 밥의 무게를 내 편으로 삼으려는 건지. 열이 날 때도 그렇다. 사랑도 병도 아주 익숙하다.

흰 생쥐보다 소심한 주제에 차분하게 천천히 소원을 빌었다. 허세였지만, 정말로 그렇게 하는 게 좋다고 생각했으니까. 울지 않는 건 그런 억지 덕분이었다.

배가 부르니 하품이 나왔다.

오늘은 나도 이제 모르겠다. 라디오도 전화도 불도 모두 껐다.

모른 척 내버려두는 일은 서툴고, 현기증이 날 정도로 편리한 세상. 겁쟁이는 갈수록 끊임없이 두려워진다. 지금까지 다른 사람 일을 너무 많이 알아 좋았던 적은 없었다. 망설임이 흘러넘치면 전원을 끈다. 작은 아파트가 순식간에 전파가 닿지 않는 높은 산이 된다.

끄겠다고 마음먹었다. 그러니 하필 이때 울리면 어쩌지 하고 걱정하지 않는다. 이미 정한 일에 부들부들 떨며 애쓰고 있는지도 모른다. 그렇게 걱정을 끼치기도 하고, 차갑다는 말을 듣는다.

다음 날 아침에는 원래대로 돌아왔다.

아주 오랜만에 잘 잤다. 몸은 여기저기 미덥지 못하고, 잠에서 깨어도 마음에 걸리는 일은 여전히 그대로다. 그래도 걱정의 소용돌이는 몸 밖을 빠져나와, 바닥 위의 소란스러움을 응시할 수 있게 되었다.

오늘 약속은 감기 기운 탓으로 돌리고 다른 날로 옮겼다. 그 감기도 이미 지나간다. 다른 때보다 배는 많은 자질구레한 용무를 순서대로 걸릴 시간까지 적어 열거한다.

집이 추운 탓에, 책상 위에 있던 장미는 어제와 거의 달라지지 않았다. 이 정도까지 되면, 원래 그렇나 보다 싶다. 릴리언 기쉬(Lillian Gish)와 베티 데이비스(Bette Davis). 영화 〈8월의 고래(The Whales Of August)〉에 나온 아름다운 자매를 떠올린다.

짧은 나뭇가지를 들고 비스듬하게 5밀리미터를 자른다. 바닥에 가만히 뉘어놓고, 꽃병의 물을 바꾼다. 요 며칠, 지켜봐 주어서 고마워요. 당신의 그믐을 느긋하게 천천히 즐기세요. 울지 말고 조용히 헤어집시다.

라디오 없이 라디오 체조를 끝내고 목록을 쓰기 시작한다. 하나 끝내면 가로줄을 긋는다. 신경이 날카로워진다. 오햐쿠도도 이런 느낌이겠지 싶다.

빨래를 널고 에어컨 필터를 씻는다. 바느질을 하기 시작하자 배에서 소리가 났다. 시계를 보니 12시 반이었다. 라디오 없이도 평상시와 같은 시간에 소리가 났다.

냄비에 물을 끓인다. 미역을 불리고 국물을 낸다. 미역을 뜨거운 물에 데친다. 우동 면을 삶는다. 시계를 본다. 3

분 동안 미역과 파를 다지고, 국물 맛을 본다. 미림, 간장.

　일주일에 한 번, 미역이 한가득 먹고 싶어진다. 우동에도 넣고, 된장국에도 넣는다. 그릇 안이 바닷속이 될 만큼 담아 먹으면 오장육부가 잔잔해짐을 느낀다.

　5분 만에 다 먹고 대접을 씻은 다음, 쓰레기를 버리러 나갔다가 콩을 사서 돌아왔다. 게시판에는 근처 신사에서 마메마키(豆まき)[4]가 3시 반부터 열린다고 쓰여 있었다.

　목록에 쓰인 것을 다 해치웠으니 미역을 헤치고 나와 지상의 사람들 사이로 돌아가기로 했다. 라디오를 켠다. 휴대전화도 켰다. 다녀왔습니다, 일본.

　라디오에서 세상의 일들이 날아 들어온다.

　그 침묵이 길조일지 흉조일지, 짝수일지 홀수일지, 하며 휴대전화를 들여다보다 털썩 주저앉는다. 눈을 비비고 코를 훌쩍이며 외출 준비를 한다.

4　마메는 콩, 마키는 뿌린다는 뜻. 절분 풍습으로 '도깨비는 밖으로, 복은 안으로(鬼は外、福は内)'라는 말을 하며 콩을 던지고 자신의 나이 수만큼 먹어 액운을 물리친다. 절이나 신사에서는 유명인을 초대해 행사를 진행하기도 한다.

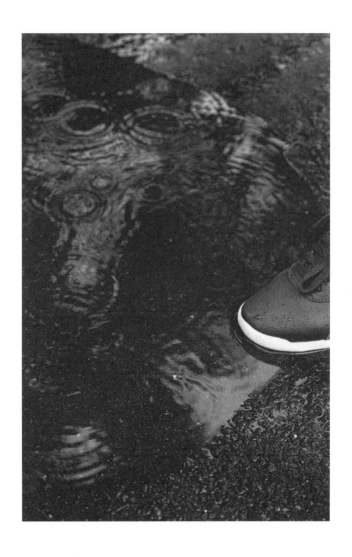

떨어지다 おちる

뒤에서 수프가 끓고 있다. 뜨거운 김이 창문에 물방울을 만들고, 흘러내려, 축축하게 만든다. 날이 개면 창문을 닦아야지. 이렇게 마음먹었는데 3일 내내 비가 이어진다.

셀러리와 토마토의 냄새, 그리고 달큰한 양파 냄새. 마늘과 토란, 만가닥버섯, 월계수의 향기가 이미 한 묶음이 되었다.

파슬리, 샐비어, 로즈메리를 넣는다. 타임(Thyme)은 넣지 않았다. 그다지 강한 향기는 나지 않지만, 월계수 잎은 꼭 넣는다. 어릴 때부터 습관으로, 냄비에 팔랑하고 한 장 떨어뜨릴 때 마법을 거는 듯한 손 모양이 된다. 주문은 알려줄 수 없다. 언젠가 땅이 딸린 곳에 산다면 심어야지.

1월은 서두르고, 2월은 도망친다. 밸런타인데이도 싱거웠다. 산 것은 판 초콜릿 하나뿐.

우에노 아메요코시장(アメ横)[1]에서 어릴 때 먹던 진한 갈색 포장지를 발견하고 충동적으로 샀다. 여전히 100엔

---

1 전쟁 후 암시장으로 시작되어 지금까지 이어져 오고 있는 시장으로 정식 명칭은 아메요코상점가연합회(アメ横商店街連合会)이며 일반적으로 아메야요코초(アメヤ横丁), 아메요코 등으로 불린다. 약 500미터 이어지는 시장 안에 약 400개의 점포가 자리하고 있다. 연말이 되면 설날용 신선 식품을 사기 위해 오는 사람들로 북적여 텔레비전 등에 연말연시 풍경으로 자주 등장한다.

도 안 한다니. 초콜릿, 초콜릿. 노래를 부르며 북적이는 사람들 틈에 파묻혔다.

왜 이렇게 좋아할까? 엔카처럼 나도 모르게 진지하게 고민에 빠질 뻔해, 좌우로 시선을 돌린다. 좋아하는 것은 초콜릿. 귓구멍에 대고 되뇐다.

약, 화장품, 산처럼 쌓인 운동화와 운동복, 골프, 수입 과자, 커피. 가쓰오부시 가게 아저씨가 국물을 주어서 마셨더니 몸이 따뜻해졌다. 이소베야키(磯辺燒き)[2] 냄새가 났다. 포장마차 주인은, 아주머니에서 젊은 남자로 바뀌어 있었다.

오징어가 산처럼 쌓여 있었다. 플라스틱 소쿠리에서 반 해동된 수많은 투명한 오징어 다리가 줄줄 흘러내린다. 연어와 연어알젓, 대구와 게. 참치 덩어리. 물이 저벅저벅한 길에 창자의 냄새가 배어 있다. 일본은 청결하다고 하지만, 당치도 않다. 하지만 바로 옆 포장마차에서 음식을 먹는 사람들은 행복으로 가득 차 있었다. 장화를 신은 아저씨들의 쉰 목소리는 일본어를 모르는 사람이 들으면 권유보다는 화를 내는 것처럼 들린다.

머리 위로는 전철이 지나다니는 소리가 들린다. 깊숙한 골목에 잘못 발을 들이면, 위험한 무기를 파는 가게에 무시무시한 무리가 있다고 들었다. 소매치기도 있다고 한

---

2 구운 떡에 간장 양념을 발라 김으로 감싼 음식.

다. 이상한 것을 몰래 파는 사람도 있는 듯하다. 텅 비어 있는 장바구니, 지갑만 꽉 움켜쥔다. 이런 동네가 건전한 거라고 생각을 고쳐먹는다.

전보다 평일의 활기가 덜했다. 특별히 필요한 게 있지 않아, 왔다 갔다, 올라갔다 내려갔다 하면서 한 바퀴 돌며 구경한다. 피가 돈다. 전신이 움직이고 있다. 살짝 땀이 나고 이유도 없이 웃고 싶어진다. 산을 오르기 시작해 20분이 지나면 숨이 편안해질 때처럼 홀가분하다. 완전히 정반대에 있는 동네에서 정진결재(精進潔斎)의 마음가짐이 된다.

마지막에 가는 곳은 가라쿠타무역(ガラクタ貿易). 이 가게에서 나는 미국의 향인지 초인지 모를, 옛날 막과자가게에서 먹던 딸기 사탕향이 뒤섞인 듯한 달짝지근한 냄새를 좋아한다. 가게에 있다가 밖으로 나오면, 겉옷에도 머리에도 냄새가 배어 있어 기분 좋다.

어렸을 때부터 드나들었던 곳도 아니고, 훌륭한 시장이나 상점은 일본은 물론 세계 곳곳에 있다. 우에노로 나오는 것과 쓰키치시장(築地市場)[3]에 가는 것으로 따지면, 사실 쓰키치가 더 가깝다. 그런데도 쓰키치에는 반년에 한 번 갈까 말까. 아메요코는 일주일에 한 번은 가고 싶다.

---

3   1935년에서 2018년까지 이어졌던 도매시장으로 수산물로 유명했다. 현재는 도요스(豊洲) 지역으로 옮겨 갔다.

전혀 질리지 않는다. 두근두근 설레지는 않아도 이제 그만 가야겠다는 마음은 들지 않는다.

왜 이렇게 좋아할까? 이건 아메요코를 두고 하는 말.

가장 만나고 싶은 것은 모르는 채 헤어지는 타인. 그런 날이 있다.

오른쪽은 벌레의 형태. 아래쪽은 벌레의 다리라고 한다. 벌레는 무리 지어 있으니까, 한자 '混(혼)'은 섞인다는 의미가 된다.

감기에 걸려 축 처치는 날은 사전을 폈다가 닫는다. 하나 찾은 다음, 그 말끝에 연상되는 말을 다시 찾아본다. 긴 의자에 엎드려, 중학생 때부터 쓰던 사전으로 줄곧 같은 놀이를 해왔다.

고등학교 수업 시간에 다마후(たまふ)라는 말 옆에 다마부리부리(たまぶりぶり)[4]라는 표현을 발견했을 때는 교실에서 웃다가 죽는 줄 알았으니, 나름 그 나이다웠다. 사전 속 그림도 훌륭했다. 다음 날 아침, 배가 당겼다. 그건 고어사전이었다. 옛날 사람은 참 재미있구나. 그래서 문학부에 가야겠다고 생각했다.

마지루(まじる)는 다른 것이 함께 들어가는 것.

마지와루(まじわる)는 서로 다른 방향으로 파고든 위치

---

4 다마후는 '무엇무엇 하시다'는 뜻, 다마부리부리는 에도시대에 유행한 설날 장난감 가운데 하나다.

관계⁵. 사전은 냉정하구나.

아메요코라는 동네에는 남녀노소, 가끔 개와 고양이와 비둘기와 새도 함께 들어가고, 반드시 벌레도 쥐도 있다. 모두 함께, 커다란 글자를 만든다.

전에는, 음식을 먹거나 신발을 고르거나 즐거워하는 사람을 보면 부러워서 누군가에게 전화했다. 맥주를 마시고 카레를 먹고 돌아갔다. 요즘에는 성격이 급해져, 사람을 기다리기 성가시다. 전철 철교 아래에서 만두 한 접시, 맥주 한 병.

뒤섞여 있다가도, 언젠가 마음이 식으면 이제 그만하자 생각할까? 파고들어 간 그 순간부터 주저주저하다가 쑥 빠져나오려나? 빠져나오면 후련해져서, 다시 여기저기 돌아다니며 무리에 섞일까? 사람도 벌레도 별반 다르지 않은데 벌레도 고민하며 그렇게 할까? 대부분의 벌레는 사랑을 할까? 교미 상대를 어떻게 정할까?

마음도 중력에 끌려 아래쪽으로 곧장 움직이는데, 진지하게 사전을 뒤적이는 이는 사랑의 비유 따위는 찾지 않는다.

모르신다면 말씀해 드리지요. 당신에게는, 가당치도 않습니다요.

---

5 마지루는 '섞이다'는 뜻으로 混(섞을 혼)을 써서 '混じる'로 표기하며, 마지와루는 '교차하다, 어울리다, 성교하다'는 뜻으로 交(사귈 교)를 써서 '交わる'라고 표기한다.

딱 하고 덮었다. 세상 사람들에게는 별거 아닌 일이 세상에서 가장 겁나는 일이라니. 정말 바보 같다. 너무 유별나졌다.

나를 싫어하게 되면 슬프다. 게다가 마음이 식어 아무렇지 않게 될까봐 두렵다. 지금까지 얼마나 자주 마음이 식었는지, 알면 알수록 그렇다. 경박하고 지레짐작하는데다가 한술 더 떠 바람피우는 일까지도 즐거워하니, 도저히 감당이 안 된다.

언제였을까. 짧은 이야기 안에, 여자의 이야기를 썼다. 이런 사람이 있으면 친구가 되고 싶다는 마음으로 썼는데, 이런 사람이야말로 여자들이 싫어하는 전형적인 여자라고 했다.

자유로워지고 싶어 사방팔방으로 아등바등하는 여자에 대해 쓴 것이었다. 자유는 무서운 것이니, 진중한 여자는 도망쳐야 하는 걸까? 어쩌면 여자는 애초에 자유로우니, 자신 외에 다른 사람에게 그것을 바라지 않을지 모른다. 어찌 되었든, 그 기묘한 사랑의 이야기는 망가진 컴퓨터 안에서 소멸했다.

전에는 수도꼭지를 다 열어 양동이가 넘칠 듯한, 연기가 피어오를 정도로 뜨겁게 달군 철 프라이팬에 고기를 집어넣고 지글지글 굽는 듯한 과분함으로 누군가를 좋아하게 되었다. 그런데 배를 가르고 코피를 쏟는 사이에, 그런 활기가 사라졌다. 수도꼭지 자체가 녹이 슬고 굳어, 움직이지 않는다. 그을린 불씨는 청소를 게을리해, 다시 불을 붙이기가 무섭다.

그래서 줄곧 속 편하게 있었다. 그 누구와 만나도, 그 누구와 만나지 않아도 괜찮았다. 외고집이 되면 마음의 눈까지 일그러져, 좋아하던 모든 것이 희미해진다. 마음이 식어 실망하는 일은 견디기 힘들다. 네가 잘난 게 뭐가 있다고. 부모가 물려준 눈에 화를 낸다.

그런 일을 견딜 수 있게 되리라고는 전혀 생각하지 못했는데.

생각하고 싶지 않은 일을 생각하면, 생각하고 싶지 않아 졸린다. 뇌도 산소가 부족하다고 말한다.

두 번 크게 하품하고, 어느 쪽으로도 건너지 않고 경계에서 도망친다.

고민해 봤자 답이 없잖아. 나 혼자만의 일도 아니니까. 고민하는 친구에게 자주 했던 말이 낙하산처럼 모습을 드러낸다. 축축하게 젖은 창문을 들여다본다.

멀리 떨어져 바라보는 현실은 언제나 모두 감로다. 파탄, 모순, 깨끗하든 진흙탕이든, 모두 진짜다. 누구도 막지 못할 각오로 압박해 오는 사람은 애초에 이치를 따를 마음 따위 지니고 있지 않다.

신성한 진지함이 끓어오른다. 구사쓰온천(草津温泉)의

원천을 들여다보았을 때의 복잡한 냄새와 침묵을 떠올리고, 분라쿠(文樂)[6]는 훌륭한 사랑을 있는 그대로 그려냈다면서 주인공 오카루와 간페이[7]의 프로그램을 꺼낸다.

인형의 하얀 얼굴을 서로 비교하며 한동안 침묵한다.

평생 그렇다면 받아들일 것인가, 벗어날 것인가?

잠시 골똘히 생각하다 일어서자, 타는 냄새가 났다. 뚜껑을 열고 물을 쫙 붓는다. 큰일 날 뻔했다. 왜 그렇게 좋아하게 되었을까? 이건, 이제부터 마실 맥주를 두고 하는 말이라고 해두자.

토마토가 빨갛게 푹 익고, 깍둑썰기한 채소는 기름의 윤기를 휘감고 있다. 만가닥버섯은 둥둥 떠 있다.

섞는다. 다시 한번 섞는다. 후추를 뿌리고, 휘휘 젓는다.

이런저런 것들이 다 같이 들어 있어 보기만 해도 즐거운데, 여기에서 손목을 잡고 끌어내 둘만 빠져나가는 일 따위는 있을 수 없다.

한 숟가락 떠서 맛을 보았다.

아픈 맛과 뜨거운 맛.

아랫입술 한가운데, 데인 곳이 갈수록 부풀어 오른다.

---

6 일본의 대표 전통 인형극으로 가부키(歌舞伎), 노(能)와 함께 일본 3대 고전 예능 분야로 꼽힌다.

7 18세기 초 에도 시대에 무사 46인이 주군의 원수를 갚은 아코사건(赤穗事件)을 바탕으로 만들어진 분라쿠 및 가부키 공연 가나데주신구라(仮名手本忠臣藏)의 등장인물이다.

쓰다 かく

밖으로 나선다.

역으로 향하는 길, 고급 대걸레처럼 생긴 개가 먼지투성이 길에서 우물쭈물하고 있다. 금방 뭐라도 내릴 듯한, 정말 추운 음력 2월의 일요일. 손목시계를 차지 않았다.

두 번째 신호등에서 우산을 펼쳐 들고 다시 걷기 시작하자, 이제부터 겨울을 맞이하는 듯한 착각이 들었다. 그 편이 차라리 좋은데. 입을 삐죽인다. 아직 하얀 입김을 보면서, 다음 겨울을 향해 걷고 있다고도 할 수 있으니까. 움이 트고, 그림자가 진해지고, 잎이 변해, 전부 떨어진다. 지금까지 배우고 기억한 대로 기다리면 된다. 젊었을 때에 비하면, 그래도 꽤 봄을 좋아하게 되었으니까.

지금이 아니면 맡을 수 없는 냄새를 품은 완만한 언덕을 오른다.

봄, 이렇게 뱉어버리면 끝이지.

벚꽃, 이렇게 쓰면, 이루어질 수 없어.

글자는 순식간에 납득시킨다. 언어가 되는 순간, 그걸로 안심해 버린다. 냄새, 표정, 온기, 인기척, 과거를 에워싸는 그림자도 지우고, 구석구석 따라가다 보면 목소리를 지니지 않은 것이 훨씬 더 친근하다. 흩어진 감각을 하나로 모을 때만큼 살아 있는 생명체다울 때도 없다던데, 금세 야생의 유산을 잊는다. 읽을 수 있고 쓸 수 있고, 어디든 갈 수 있다고 착각한다.

"나이를 먹을수록 성격이 급해져요."

아침의 라디오에서 여든넷이 된다는 분의 편지가 흘러나왔다.

7시 30분. 시계를 두고 왔는데도 자꾸 손목을 튼다. 회사를 그만둔 뒤로 줄곧 차지 않았는데, 최근 2년 정도, 맥박을 재야 해서 차고 있었다. 그러자 더 이상 그럴 필요가 없어졌는데도 손이 시계를 그리워한다. 겨우 2년 안팎인데, 몸 자체에 익숙해진 균형이 생겼는지, 시계를 차지 않으면 제대로 걷지 못하는 착각마저 든다. 뇌는 참 경솔하고 게으르다. 그 뇌가 있는 3평짜리 방에는 아직 다 쓰지 못한 이야기 속 가족이 1년 이상 살면서, 이것도 아니고 저것도 아니라며 고타쓰를 둘러싸고 있다. 그 사람들 때문에 뇌는 줄곧 겨울에만 머물러 있다.

바다로 향하는 급행열차는 네 사람이 함께 앉아 가는 여행 열차였다. 산과 교회, 소박한 철길 건널목을 지났다. 고가에서 바라보이는 기와의 물결 곳곳에서 아련한 추억이 뭉실뭉실 솟아오른다. 이런저런 꽃놀이를 떠올리지만, 이 사람도 그 사람도 이제 없다.

그저께 정말 오랜만에 이력서를 만들었다. 마지막으로 썼던 때는 취직하던 해의 봄이었다. 그 이후 취직과 퇴직만이 늘어났다. 주소도 꽤 바뀌었다. 대학 때 만든 이력서에는 장단점과 성격을 쓰는 곳이 있었다. 키가 크지만 목표는 작습니다. 저돌적이고 무턱대고 덤비는 성격입니다. 그 시절에 자신을 더 잘 알고 있었다. 지금은 돌아보기 싫을 정도로 성격이 급하다.

높은 지대에 있는 거목은 안개인가 구름인가[1]. 바다는 아직 보이지 않는다. 여름귤 나무에는, 가지가 휘어서 풀숲에 내려앉을 만큼 열매가 달렸다. 초가지붕을 올린 멋진 집이 있었다. 모두 가랑비를 뒤집어쓰고 있다. 호흡이 깊어지고, 손과 펜은 차창에 멈춘다.

그리고 그 후.

고등학교에 입학하고 3년, 다음은 4년, 하고 손가락으로 세며 써간다. 회사를 그만둔 게 2005년이었다. 올해로 독립한 지 10년이 지났다.

대나무 숲이 있었고, 광장은 분홍색 초롱으로 둘러싸여 있었고, 바비큐를 준비하는 사람들이 있었다. 터널, 터널. 또 하나 터널. 줄지은 작은 산을 안개인지 구름인지 모를 것이 해끄무레하게, 뭉실뭉실 감싼다. 음력 2월의 하늘

---

1 동요 〈안개인가 구름인가(かすみか雲か)〉에 나오는 풍경에 빗댄 표현이다. 이 동요는 독일 민요에 가사를 입힌 것으로 국내에서도 같은 독일 민요에 가사를 입혀 〈봄바람〉이라는 동요로 불린다.

이 끝도 없이 펼쳐져 있었다.

산의 나무는 한동안 만지지 않았다. 그 연한 꽃잎, 작은 목소리로 속삭이는 듯한 꽃봉오리 무리. 그 색이 모였을 때, 나지막하게 존재를 드러내는 향기.

어린나무 한 그루도 혼자 독차지할 수 없다. 아무리 꽃과 벚꽃이라며 반복해 봐도, 따라잡지 못한다. 그러니 모두 빨려 들듯이 기를 쓰고 보다가 결국 가구야공주[2]처럼 머뭇머뭇 달아난다. 제비꽃, 민들레, 떡쑥. 다른 꽃이 보이면 그제야 마음을 놓는다. 절을 지난다. 묘지에 나무를 심은 사람은, 상냥하다. 아직 바다는 보이지 않는다.

한 시간 정도 기차에 흔들리다가 겨우 샌드위치를 베어 문다. 생각보다 통근하는 사람들로 북적여서 먹을 기회를 놓쳤다. 키가 작은 가로수와 넓은 테니스코트를 지나며 샌드위치를 먹었다.

샌드위치는 양파와 양배추를 소금에 절여 물기를 짠뒤, 식초와 설탕과 식용유로 버무렸다. 빵에 마요네즈와 겨자를 바르고, 얇게 자른 오이를 붙인다. 거기에 양배추를 넓게 펴고, 또 오이를 깐 뒤, 빵으로 덮는다. 빵의 귀[3]는 자르지 않는다. 빵의 귀를 남기는 경우는, 남자가 많다. 남

---

2   헤이안시대 문학작품이자 일본에서 가나로 쓰인 가장 오래된 모노가타리(이야기)로 알려진 「다케토리 모노가타리(竹取物語)」에 나오는 여주인공 이름.

3   식빵 가장자리를 일본에서는 빵의 귀(パンの耳)라고 한다.

자 중에는 향이 강한 채소를 극복하지 못하는 이도 많다. 양고기와 쿠스쿠스와 고급 초콜릿의 맛도 잘 모른다. 독립하고 10년 동안 나온 통계다.

왜 귀일까? 눈이나 코도 있는데. 귀 없는 빵에 물결치는 잇자국이 났다.

"아침밥 먹었어? 안 먹었으면 소고기덮밥 사 갈게."

일본어를 능숙하게 잘 한다. 이 사람은 지난 밤 내내 어딘가에서 일하고 왔을까? 선로를 따라 나란히 뻗은 길에 소고기덮밥집 간판이 있었다. 오렌지색 모자를 쓴 자그마한 지장보살. 모자를 떠서 씌워준 사람에게 기쁨이 있기를.

텃밭에는 매끈하고 둥근 콩잎, 푸성귀 잎이 줄지어 있었다. 양배추 겉잎의 푸르름과 미지근함. 배추흰나비 인분(鱗粉)의 레몬 같은 산뜻함, 나비 유충의 초록색 똥. 이런저런 숨결. 보고 있지 않아도, 들려와 따끈따끈한 흙의 냄새가 느껴진다.

한 여자가 내렸다. 역 앞에서 페코짱[4]이 곁눈질을 하고 있다. 당일치기 온천의 간판. 넘쳐나는 글자들 사이에서 골라서 찾아내 읽는 글자들. 이렇다 저렇다 시행착오를 할 때는 잘 안될지도 모른다. 세상 어딘가에는 작위가 미

---

[4] 제과회사 후지야(不二家)의 대표 캐릭터로 1950년에 태어났으며, 멜빵바지 차림에 양 갈래머리에 빨간 리본을 달고, 혀를 내밀고 웃으면서 옆을 보고 있는 여자아이 캐릭터다.

치지 않는 곳이 있어, 거기까지 실낱같은 선을 더듬어 가
듯 이끌려 갈 뿐이다. 그런 걸로 충분할지 모른다. 날개를
펄럭이자 비늘 가루가 퍼진다. 그런 빛을 상상하는 사이,
드디어 바다가 보였다.

　항구까지 가는 버스에서는 할머니 두 분과 함께였다.
유산 상속 이야기를 하고 있었다. 그렇게 큰 목소리로 이
야기하면 보이스피싱의 표적이 됩니다. 버스 운전사가 마
이크로 말해주면 좋으련만.

　종점에 다다르자 비가 내린다. 노래 속 모습 그대로인
조가섬(城ヶ島)에 연무가 끼어 있었다.

　　미우라 미사키에서　힘껏 치는 파도는
　　어여쁜 분의　담력 시험　단초네

　　울지 말거라　배가 출항할 때
　　먼바다에서 노가　손에 잡히지 않는다　단초네

　　소나무가 되고 싶어라　미사키의 소나무
　　오르락내리락하는　배를 기다리네　단초네

　오늘은 콩쿠르 날이다. 약 백 명이 가나가와현 민요인
〈단초네타령(ダンチョウネ節)〉을 연이어 부른다. 지팡이를

짙은 할머니의 왜소한 몸에서 어떻게 그런 쩌렁쩌렁한 목소리가 나올까? 고개를 갸우뚱하며 볼을 만지다가, 반지가 없다는 걸 깨달았다.

아까 전철 안에서는 보았다. 오는 도중에 어딘가에서 빠졌구나. 마음에 들어서 샀는데.

지난주에는 공원에서 돌아오는 길에 자주 매던 목도리를 잃어버렸다. 화발다풍우(花發多風雨) 인생족별리(人生足別離)[5]. 대부분은 그대로 포기한다. 하지만 이때에는 점심에 들른 쓰케멘 가게, 두 번 갈아탄 버스의 영업소, 오랜만에 간 나카노브로드웨이, 오빠가 학생 때 좋아해 자주 가던 조용한 커피집 등 생각나는 곳에 모두 전화했다. 하지만 없었다. 집에 돌아갈 때는 어두워져 있었다. 그런데 오늘은 반지가 보이지 않는다. 봄꽃에 들떠서, 다른 때보다 한눈을 더 판다.

쉬지 않고 쉰두 명의 노래를 연달아 듣자 점심시간이 되었다. 오전 마지막 참가자는 머리가 새하얀 남성이었다. 멀리에서 오신 분이었다.

비행기 타는 사람에게는 딸은 줄 수 없네
줄 수 없는 딸은 가고 싶어 하네 단초네

5　당나라 시인 우무릉(于武陵)의 시로, 꽃이 만발하면 비바람이 거세고, 인생이 한창 잘 나가면 이별이 많다는 의미다.

전쟁 중에는 단초네타령의 선율에 가사를 바꾸어 불렀다. 특공대 타령. 그 노래를 부르는 사람을 처음 만났다. 노래를 다 부른 이는 자리로 돌아와 우유를 마시려던 참이었다.

"제가 학도 동원된 전기회사 공장에서 대학생들이 불렀어요. 여러 대학교의 학생이 있었죠. 이 노래를 부르며 알려주었어요."

우유병을 쥔 채로, 안경 너머 보이는 눈을 크게 뜨고 그 공장을 떠올린다. 눈동자가 점점 촉촉해졌다. 그리고 미사키에는 처음 왔다고 했다.

점심시간. 주머니에 펜과 손을 찔러 넣는다. 무대에서 내려온 무희는 빨간 구두가 벗겨지지 않아 고생했다. 손을 댕강 잘라낼 일은 없어도 건초염은 나빠지기만 한다. 팔을 쭉 뻗고 저린 손가락을 활짝 펴서 흔들어 털어낸다.

조가섬(城ヶ島)에 노란 배가 지나간다. 잿빛을 띤 녹색도 어렴풋이 희끄무레하다.

그건 그렇다 쳐도 가장 살이 잘 빠지는 부위는 손이다. 배는 살이 잘 빠지지 않는다. 뜨개질만 많이 해도 반지가 쑥 빠진다.

저녁까지 계속 들을지 망설이면서, 뱅에돔 조림과 회정식을 먹는다. 여기에 맥주를 한 잔 곁들이면, 성실함은

줄어든다. 실은 오전의 고령부 예선을 가장 고대했다. 그걸 듣고 싶어서 왔다.

맥주 컵을 들여다보며, 지나간 10년에 술잔을 올린다. 과거를 한데 묶어서. 이런저런 일이 많았지만, 탱탱한 니코고리(煮凝り)[6]를 보듯 들여다볼 수 없다. 그때 원한 것은, 혼자 있을 수 있는 방, 일을 많이 할 수 있는 동네.

지금 가장 원하는 것은, 잃어버린 반지와 목도리.

오후에는 꾸벅꾸벅 졸면서 들었다. 돌아가는 버스에서는 술 취한 여자가 연인과 엉켜 있었는데, 좀 좋았다. 나도 중년 여성이니, 다른 사람이 하는 방식을 잘 보아둔다.

돌아가는 전철은 평범한 긴 의자라 시시했다. 동아리 활동을 끝내고 집에 가는 학생들로 넘쳐났다. 배드민턴, 관악합주단. 수다가 끊이지 않아 창문이 갈수록 뿌옇게 되어, 바다와 벚꽃이 물방울에 녹아 유리를 타고 흘렀다.

도미에 넙치에 오징어, 벵에돔 조림. 전갱이 난반즈케(南蛮漬け)[7]. 정말 푸짐하게 먹었는데도, 건어물 두 마리가 든 봉지를 손에 들고 있다.

약지의 굳은살이 아파오기 시작했다.

펜을 가방에 넣는데, 아래쪽에서 무언가 둥글게 빛났

---

6 생선이나 고기를 푹 끓인 뒤 식은 국물이 젤리처럼 굳은 것.
7 파나 고추를 넣은 달콤한 식초 양념에 튀김을 절인 보존 식품.

다. 잃어버린 게 아니었다.

입다 きる

　풀고, 집는다. 아래도, 그 아래도 집는다. 겨울이라면, 계속해서 이어진다.

　걸치고, 바르고, 문지른다, 손으로, 천으로. 걸고, 넘어가서, 몸을 담그고, 눈을 감는다. 후 깊은숨을 내쉬고, 잠시 노래를 부른다. 일어나, 닦는다. 휘파람과 하품. 올라서서, 재고, 찡그린다.

　말리고, 빗는다. 뒤바르고, 주무른다. 뒤집어쓴다. 걸치고, 잠그고 넣고 입고 걸고, 잡아당긴다. 일어난 지 한 시간, 이걸로 드디어, 블라우스와 스커트 차림이 되었다.

　옷을 너무 늦게 갈아입었다.

　매년 그렇지만, 애 닳는 이별로 시작한다. 블라우스, 원피스, 스커트, 알로하셔츠. 여름 내내 이것들만 입었다. 빨아도 금세 마르니까, 매일 같은 옷차림이어도 좋았다. 좋아하다 못해 나뭇잎 떨어질 무렵까지 스웨터나 카디건, 기모 팬츠까지 입고, 그 위에 알로하셔츠를 걸치고 싶었다. 해가 짧아지고, 빨래도 잘 마르지 않고, 비가 오랫동안 온다. 그제야 드디어, 내년에 또 보자. 찻상자에 넣어둔다.

　다시 초록의 계절이 돌아오면 재회한다. 색이 빠지고,

얼룩이 진해지고, 후줄근해져 있다. 이래저래 20년이나 입었으니까. 천의 얼룩도 피부와 마찬가지여서, 눈에 보일 때까지 시차가 있다.

같은 게 있다면 다시 사려고 했지만, 찾지 못했다. 구멍도 나 있다. 벌레가 있었을지 모른다.

꽃무늬 스커트, 연분홍색 블라우스, 파란 원피스는 엄마가 바느질해 주었다. 너덜너덜한 티셔츠, 빛바랜 알로하셔츠의 축 처진 목둘레.

집에 있는 거울에, 언제 버리면 좋을지 물으니, 그건 재작년 여름이었지, 단초네

노래를 부르고, 서랍장에는 넣지 않았다.

좋아하는 옷을 생각하면 여름옷만 떠오른다. 추울 때는 옷을 많이 껴입으니 인상이 뒤섞인다.

입지 않는 옷 가운데 아직 입을만한 것은 빨아서 모아 둔 다음, 바자회와 시청 재활용센터에 가져간다. 더는 입을 수 없는 옷은 바닥 청소용 걸레로 쓰다가 버린다. 아, 괴롭다.

좋아하는 옷을 떠나보낼 때의 슬픔은 소비와 쾌락이 동등하던 젊은 시절이라면 상상도 하지 못할 정도로 깊어졌다.

"이것도 입은 지 벌써 20년이나 되었네."

소매를 잡아당기는 손가락을 본다.

에스컬레이터 한 단 위, 바로 코앞에, 파란 잔체크가 가까이 있다. 하얀 셔츠를 입는 것도 좋아하는데, 오늘 입은 것은 더 좋아했다. 조금 더 더워지면, 홀러덩 티셔츠 차림이 된다. 셔츠의 계절이네, 하고 말했다.

취향이 비슷한 사람과 약속을 잡으면 마치 학교 교복처럼 옷을 비슷하게 입고 나올 때가 있다.

바지와 스커트가 가로세로 줄무늬로 색이 베이지나 카키일 때도 있다. 격자무늬를 입을 때도 자주 있었다. 그날도 흑백 격자무늬 원피스 차림이어서, 옆에 있던 사람은 분명 눈이 아팠을 것이다. 재미있게도 두 단 위에 서 있는 모르는 사람도 파란 격자무늬 옷을 입고 있었다.

친구와 함께하는 바자회도 벌써 열여덟 번째가 되었다. 이렇게 꾸준히 할 수 있는 것은 뒤풀이에서 다 같이 술을 마시는 게 재미있기 때문이기도 하고, 옷의 취향이 비슷해서이기도 하다.

"사두고 이상하게 그냥 잘 안 입게 되더라고. 스소 씨는 잘 어울릴 듯해 가져왔어."

이런 대화가 종종 들려온다.

이상하게 그냥 안 입게 되는 것도 참 신기하다.

마음에 들어 입어보고, 며칠 동안 고민한다. 그렇게 산 옷이다. 그런데도 입지 않는다. 입기 편하고 좋아하는 색이고 입었을 때 잘 어울린다는 말도 들었는데, 서랍 깊숙한 곳으로 점점 밀린다.

도대체 왜 그럴까? 인연이 아닌 걸까, 그 옷을 입을 그릇이 못 되는 걸까? 손에 넣었을 때의 기쁨을 떠올리며 기분을 북돋아도 소용없다. 바자회 덕분에, 그런 뭔가 이상한 인연의 옷도 사라졌다. 지금은 좋아하는 것만 남아 기쁨에 빠져 허우적대지만, 떠나보낼 때가 힘들다. 내일부터 뭘 입고 생활하면 좋을까? 속옷만 입은 채 한숨을 쉰다.

면이나 마는 금세 마른다. 넣어두었던 치마를 꺼내 빨아서 말린 뒤 다림질한다.

사춘기 때, 바지만 입었다니, 참 아쉽다. 화가 가타오카 다마코(片岡球子)의 그림 속, 여름옷을 입은 여자를 보면서 생각했다. 그 무렵에는 옷에도 화장에도 몸에도 관심이 없었다. 집착한 것은 달걀샌드위치와 고등어로 만드는 밧테라 초밥(ばってら寿司) 정도였다. 중고 청바지에 보풀이 일어난 스웨터. 맨몸의 윤곽은 전혀 기억나지 않는다. 그랬는데 아줌마가 되어서 이렇게 밝고 홀가분하게 이것저것 입을 줄이야. 상상도 못했다.

바람이 살랑거린다. 세로줄 무늬, 체크, 레이스. 분홍색 셔츠와 바지는 본 적이 없으니 분홍색 옷을 입고 만나면 되겠구나.

올해도 좋아하는 옷을 입을 수 있어서 다행이었다. 옷

이 없어지는 일 따위 별거 아니라고 생각해야지. 그렇게 관점을 바꾸면 몸이 존재한다는 게 오히려 신기해진다. 바람에 흔들리는 저것은 작년 이맘때쯤 한밤중의 도쿄에서 밀져야 본전이라면서 눈 딱 감고 샀던 원피스다.

무슨 옷을 입었는지는 거의 기억나지 않는다. 사진을 보여주어서, 이런 옷을 가지고 있었던가 싶었다. 잊고 있었다. 그런데도 이별의 자리에는 언제나 검은 옷이다. 이 사람 저 사람의 상복을 떠올리는 와중에도, 깊게 잠들어 있는 사람만 평상복을 입고 히죽히죽 웃는다.

속이 다 비추는 티셔츠 차림이거나, 선글라스를 끼고 있거나, 목에 수건을 걸고 있다. 다들 여름 어딘가에 있다. 천국이라는 곳은 늘 여름인가 보다. 좋겠다.

이 일이 끝나면, 앞치마와 스커트. 이게 일단락되면, 커튼과 행주. 직선 한 줄로 재봉질하는 것도 언젠가부터 여름의 일이 되었다. 더워서 가윗날 대기를 주저하지 못하니 좋다.

풀면 한 가닥의 실로 돌아가는 뜨개질과는 다르다. 돌이킬 수 없다면서 잔뜩 움츠러들어 쌓아 놓은 천도 여름에는, 에잇, 모르겠다며, 가윗날을 댈 수 있다.

백화점에서 주문받은 옷을 바느질하던 엄마도 고가의 천을 재단할 때는 손이 떨렸다고 했다. 기요미즈의 무대

(淸水の舞台)[1]에서 날개를 펼치고 온 동네를 감싸안듯이 뛰어내리는 각오는 성격에 맞지 않는다. 할 수 없는 일은 하고 싶지 않다. 그러고 보니 얼마 전에 엄마가 텔레비전을 보고 번지 점프를 해보고 싶다고 해서, 역시 가위질하는 사람은 다르다 싶었다.

재봉은 아예 부모 손에 맡겼기 때문에, 지금도 스커트나 앞치마 한 장을 만들 때 조심조심 재봉틀을 밟는다. 비싼 천은 주춤한다. 스커트는 옆쪽을 꿰매고 조여서 단추로 잠근다. 지퍼는 달 수 없으니까. 목욕 후에 입는 얇은 원피스. 그리고 커튼과 보자기, 테이블 크로스. 다행히도 흠을 잡는 손님은 없다.

"그게 말이야, 세상 물건들은 똑바로 바느질할 뿐인데 너무 비싸다니까."

재봉틀 바늘땀이 비뚤비뚤 갈지자를 그리는 주제에 잘난 척한다.

드디어 옷도 갈아 있었으니, 큰마음 먹고 온천지 야마노유(山の湯)에 갔다.

급행 전철에 몸을 싣고 서서히 도쿄에서 멀어진다. 가

---

1 교토의 절 기요미즈데라의 무대를 말하며 본당에서 발코니처럼 튀어나와 있는 부분을 말한다. 일본 관용어 가운데 '기요미즈데라의 무대에서 뛰어 내린다(淸水の舞台から飛び降りる)'라는 말이 있는데 죽기 아니면 살기라는 심정으로 과감히 일을 해본다는 뜻이다. 실제로도 기요미즈데라의 무대에서 뛰어내렸다는 이야기가 전해져 오는데 관음보살에게 소원을 빈 뒤 무대 난간에서 뒤로 떨어졌을 때 소원이 이루어지면 상처 없이 살고 만약 목숨을 잃더라도 극락왕생한다는, 죽음을 불사하지 않는 신앙을 말한다.

와구치(川口)를 지날 때는 영화에 관한 것이 스치듯 보였고, 아게오(上尾)를 지날 때는 고등학생들이 야구하는 풍경이 보였다. 하천 부지가 넓은 멋진 강도 보았다. 파란 지붕의 오두막. 밭. 그리고 중요한 에키벤(駅弁)[2]으로 뭘 먹을지 진지하게 상의했다. 세상 돌아가는 이야기는 하지 않는 편이 낫다.

에키벤이 맛있는 다카사키(高崎)에서 갈아탔다. 4인용 좌석의 창가 자리를 양보해 준 아주머니에게도 목캔디를 나눠 드려 멋진 아줌마의 모습을 선보인다.

이번에는 흔들리는 버스에서 연배가 있는 분들의 동창회 무리와 함께였다. 그렇게 도착했더니 방에 고타쓰가 있었다. 전관 중앙난방은 이제 하지 않는 것 같아요. 수습 중 배지를 단 여직원이 난처하다는 표정을 짓는다. 혹시 몰라 들고 온 목도리를 목에 칭칭 감아 묶었다. 갈수록 눈 주변이 새파래져, 고타쓰로 파고들었다.

이렇게 추운데, 유카타(浴衣)[3]를 입고 돌아다니면 감기 걸리겠네.

가져온 옷을 다 껴입고, 밤에 마실 술을 사러 작은 온천 마을로 나섰다. 가게에는 지역에서 생산되는 술이 많았다. 그런데 주인이 없었다. 주인이 돌아올 때까지 기다

---

2 철도역이나 기차 안에서 파는 도시락. 지역마다 특색 있는 도시락을 팔아 기차 여행을 할 때 하나의 즐거움으로 여기는 사람도 많다.

3 목욕한 뒤나 여름에 입는 무명 홑옷.

리는 사이에는 비둘기를 보아도, 화분에 걸터앉아도 기분이 좋았다. 핀볼 게임을 처음 했다. 커다란 구슬이 성가시다는 듯이 여기저기에서 굴러 나오는 모습이 재미있었다.

저녁을 먹기 전에 먼저 온천물에 몸을 담갔다. 오래된 온천장인데도 대욕장, 한증막, 가족 욕탕 등 다양하게 갖추고 있었다. 밥을 먹은 뒤 몸을 담갔다가, 꾸벅꾸벅 졸다가, 다시 들어가기를 반복하다 보니, 몸도 열을 흡수하고 추위에도 익숙해져 유카타 차림으로 별을 찾았다. 축축한 유카타는 이미 피부와 한 몸이 되어 입어도 벗어도 별 차이가 없었다.

날이 밝아 잠에서 깼다. 가만히 코를 푼다. 다시 입었다가 벗고, 부드러운 아침 목욕물에 몸을 담근다. 다리는 둥둥 뜨고, 손가락은 퉁퉁 붇고, 땀이 배어난다. 칸으로 막힌 목욕통의 소리를 듣는다. 어제 산책하면서 보니, 곳곳에 '세상의 먼지를 씻어내는 온천'이라고 쓰여 있었다. 어렴풋이 살아 있다고 느낀다. 어제오늘 놀라울 정도로 살아 있음을 깨닫고, 아무도 없는 여탕에서 허벅지가 떨렸다. 벌거벗은 몸으로 울면 정말 홀가분하다. 갓난아기라는 존재는 가장 용감한 생명체구나. 그렇게 작은 몸으로 자신이 누구인지도 모른 채 우니까.

허리띠를 풀고 유카타를 벗는다. 옷을 갈아 있는 모습을 보이는 게 왜 부끄러울까? 고등학생 때 여자아이들끼리만 있는데도 안 보이게 옷을 갈아입었다.

그때부터 다시, 바르고 뒤집어쓰고, 입고, 걸치고 잠
그고, 양말, 오른쪽, 왼쪽. 오른쪽부터 신지 않으면 부정을
탄다고 알려준 사람은 고등학교 동급생 중 누구였더라?
그 누구의 이름도 똑같이 다 잊었다. 억지로 잊으려고 한
것도 같다.

옷을 다 갈아입고 숙소에서 나오자, 만주를 쪄는 수증
기가 달았다. 아직 정오 전인데, 벌거벗은 몸 자체를 갈아
입은 것 같다. 벗기 위해 입고 있던, 유카타의 습기.

돌아가다 かえる

전철에서 지붕을 바라본다.

완벽하게 같은 색과 형태로, 상자에 담긴 듯이 자리하고 있다.

술에 취했다면 옆길이나 하나 더 뒷길로 갈 수도 있으니 위험하겠구나. 택시 운전기사가 찾는 데 고생할 만큼한 다스보다 더 많지만, 분명 그런 일은 잘 없을 것이다. 형태가 같을수록 차이는 오히려 분명하다. 취해 있을 때는 더 그렇다.

인간은 바다에서 왔다. 그런 건 이미 잊었지만, 심야의 술주정뱅이라면 연어처럼 기를 쓰고 집에 돌아가고 싶어한다. 망망대해에서부터 태어난 상류의 시냇물까지, 어떻게 해서든 돌아가려고 한다. 심야 요금이 적용되는 택시에서, 고속도로를 쌩쌩 달린다. 너덜너덜해진 위와 피부와 꾸깃꾸깃해진 옷으로 강을 건넌다.

내일 회사에 가야 한다고 우기면서 집에 돌아가려 하지만, 벌써 이미 그 내일이 되었으니 그대로 회사로 출근하면 된다. 그런데도 꽤 늦게라도 시간에 선을 긋고 싶었다. 택시에서 보던 스미다강, 아라카와강, 에도강의 아침

놀은 지금도 잊을 수 없다.

잠깐 눈을 붙였다가, 옷을 갈아입고 집에서 나온다. 눈부신 하루의 대열에 낄 수 있는 것은 회사에 정시라는 약속이 있었기 때문이었다. 옷에 다트를 넣어 조이듯 수면 시간을 줄이면 버틸 수 있었다. 그것도 젊음이었다.

회사에 다니던 시절에는 현장 퇴근이 있었다. 그것도 참 좋았다. 얽매여 있는 것 같은 시간에 보호를 받았다. 늘 엉겨 붙어 있다고 생각했던 아침과 점심과 저녁은 냄비 속 구즈키리과자[1]처럼 풀어져서 가라앉아 녹아 사라졌다.

지금도 한밤중까지 술을 마시거나 여행으로 간 온천에서 벌거벗은 채 멍하니 아침놀을 보아도, 이제는 예전 같지 않다.

새로운 하루가 움직이는 것은 오후, 솔직히 말하면 종종 돌아가는 날을 뒤로 미루기도 했다. 무리해서 돌아갈 필요 없지, 뭐. 문득 이런 생각이 스치는 순간, 집으로 향하려던 발걸음이 멈춘다. 마음이 바뀐다.

내일은 내일의 바람이 불기를. 오로지 이것뿐, 귀소본 능이 완전히 무너져 며칠이 흘렀는지도 잊는다.

이제 갈게.

이런 말을 들으면 서운하다. 서운해서, 가야 하는 거

---

1 칡가루를 반죽해 익혀 국수처럼 가늘게 잘라 당밀에 찍어 먹는 과자.

아니야? 하고 선수를 쳐서 물어보고 싶어진다. 그런 마음을 억누르고 이제 집에 가자고 말해 버리고, 몸을 비튼다. 이렇게 풀이 죽을 거면 아예 만나지 않는 게 나을 텐데, 그러지도 못한다. 어쩜 이렇게 소심한지. 나보다 어린 심술 궂은 여자아이 때문에 울던 그때와 똑같다. 솜사탕 같은 저녁 구름을 눈을 치켜뜨고 올려다본다.

역까지 5분이나 달렸다. 도중에 친분이 있는 잘생긴 이탈리아인 남자가 보더니 웃었다. 사거리에서도 내달려 헐떡헐떡 커피집에 들어서며, 마흔일곱 살도 의외로 달릴 수 있다는 사실에 놀란다.

커피를 마시고, 선물로 산 도라야키를 건넨다. 손을 살짝 대고, 잘 가라고 말한다.

개찰구에서도, 갈아타는 곳에서도. 지하철 계단에서도. 손을 이리저리 흔든 뒤, 북적이는 사람들에 뒤섞인다.

보이지 않게 되면, 이제 백화점이라도 들러볼까. 항상 다음 목적지는 이상하게 바로 정해진다. 몇 초 전의 애달프고 부질없는 마음은 서랍 안에 통째로 집어넣는다. 그렇게 풀 죽은 모습. 자작극에 속고 있는 건 아닐까 생각한다.

비싸서 살 수 없는 부티크를 감상하다 보면, 이제 집에 왔다는 예의 바른 알림이 온다. 그제야 돌아갈 때를 놓쳤다고 깨닫는다. 서랍에 넣지 않고 잘 품고 갔으면 좋았을 텐데, 기개가 없다. 긴 밤은 그렇게 시작된다.

이렇게 그저 되는 대로 25년이나 돌고 돌아 가다 보면, 역시 질린다. 과음하거나 사람과 너무 자주 만나면 오히려 갈증이 난다.

한여름 밤, 택시는 미끄러지듯이 모든 신호를 초록색으로 빠져나갔다. 새벽녘, 방치해 두었던 집을 둘러보고 먼지를 뒤집어쓴 선풍기 날개를 씻었다. 시원한 바람이 돌아가면, 그제야 잘 다녀왔습니다.

일 년도 벌써 반이 지나고 있다.

"곁에 있던 사람이 사라지면 허전한 법이야."

친구 부모님 부고를 전하자, 엄마는 그렇게 말하며 친구를 걱정했다.

오랫동안 간병한 할머니. 긴 시간 함께 살았던 고양이들. 올봄에는 아버지를 일찍 여읜 엄마를 딸처럼 챙겨주던 큰할아버지가 돌아가셨다. 지금은 그저 이야기를 들어주는 게 좋아. 이 사람, 저 사람 떠오르는 듯한 목소리로 말한다.

곁에 있던 사람이 사라지는 일만큼 두려운 일은 없다. 아무리 경험을 많이 하고 미리 그 상황을 상상해도, 진짜의 시간은 아주 쉽게 초월해 버린다.

소리가 나오지 않을 때까지 운다. 잠도 못 자고 갈수록 말라간다.

더 이상 만나지 못한다. 허전함, 외로움, 괴로움. 하지만 그것은 모두 살아 있는 이의 관점일 뿐, 죽은 사람은 이미 홀가분하게 홀홀 털어버렸다. 자연을 원망할 수도 없으니 별도리가 없다.

조금 익숙해졌다고 느끼는 건, 살아 있는 동안 이별과 매정함만은 반복된다고 알아서다. 우는 시간이 점점 짧아진다. 언제까지고 울면 하늘에서 걱정한다고 변명하면서, 사람들에게로 돌아간다. 그런 매정함에 죄책감을 느낀 일조차 이틀도 되지 않아 잊는다.

이렇게 회복할 때면 늘 금붕어의 뼈가 떠오른다.

축제에서 건져 올린 금붕어가 죽었다. 학교에서 돌아오니 사발에서 뛰쳐나와 있었다. 가장 건강해 보이던 금붕어를 고른 것이 화근이었다. 슬프다는 생각이 들지 않았던 것은 그 누구와도 죽음으로 이별한 적이 없었기 때문이었다.

땅에 묻어주라고 해서 휴지로 싸 뒤뜰에 묻었다. 조약돌로 주변을 둘러싸고, 큰 돌도 두었다. 무덤답게 만들었다.

표시 따위는 해두지 않는 게 나았다. 이건 어른이 되고 나서 후회했지만.

그로부터 매일 궁금해 자꾸 보러 갔다. 결국엔 어떻게 되었는지 알고 싶어 파냈다. 휴지를 가만히 펼쳤다. 금색과 빨간색이 스며든 몸이 살짝 변해 있었다. 그대로 다시 묻어두자, 다음날 아주 작은 개미들이 몰려들어 있었다.

떠올리거나 잊거나 하다가 보러 갔더니, 가늘면서 하얗고 아름다운 뼈로 변해 있었다. 이렇게 되는 거구나 생각했다. 마더구스(Mother Goose) 이야기는 이미 읽은 뒤였다. 아무에게도 말하지 않았다. 저녁 식탁에 나오는 생선의 뼈와 연결 지어 생각하지도 못했다.

새벽녘의 길은 이제는 돌아가지 않아도 되는 어두움. 깊은 잠이 들면 흙과 동화된다. 진짜 집은 차갑고 좋은 냄새가 난다. 이후에는 흙이 말끔하게 해줄 것이다.

근 한 달은 여행에 여행에 여행이었고, 집에 돌아오면 빨래만 했다.

교토의 바느질 용품 가게에서 친구에게 줄 선물을 샀다.

서글서글한 주인과 이야기꽃을 피웠다. 끊어진 바늘은 어떻게 하느냐고 물었다.

요 3년 정도는 뜨개질 교실의 바늘 공양[2]으로 곤약에 찔러 놓았다.

"종이에 잘 싸서 땅에 파묻어 주세요. 그러면 녹슬어 땅으로 돌아갑니다. 다들 어떻게 버려야 할지 몰라서 고민하더라고요."

---

2 바늘이 부러지고 녹이 슬고 휘어서 사용할 수 없게 되면 두부나 곤약 등에 꽂아 근처 절이나 신사 등에서 공양하는 행사다. 히가시니혼(동일본)에서는 2월 8일, 니시니혼(서일본)에서는 12월 8일에 이루어진다.

그러고 보니 바늘 공양이 일상이 되기 전에는 종이에 싼 뒤 다시 알루미늄 포일로 감싼 다음 짐 쌀 때 쓰는 완충재로 칭칭 감아 빨간 매직으로 '바늘 주의'라고 써서 타지 않는 쓰레기를 수거하는 날에 내놓았다. 아무리 싸고 또 싸도 신경이 쓰여 가위나 칼은 쓸모없어져도 버리지 못해 난감하다.

바늘은 가느니까 의외로 금방 흙으로 돌아가는 걸까? 토기는 발굴되는데, 그렇다면 평범한 흙과 구운 흙은 섞이지 못하는 걸까? 바늘은 출토하지 않는 걸까?

오늘 아침에는 그때 샀던 바늘을 꺼내 데루테루보즈(てるてる坊主)[3]를 만들었다.

밖에서 일을 한다기에 날씨가 걱정되어 걸어 두었다. 아마 10년 전 꽃놀이 전날 밤에 만든 이후 처음이다.

둥글게 만든 솜덩어리를 천 조각으로 감싸 분홍색 자수 실로 꿰맨 뒤 주욱 당겨서 묶었다. 눈과 입을 그리고 볼을 빨갛게 칠했다.

창에 걸어두면 빙글빙글 돈다. 소심해 보이지만, 해님에게 으스대면 벌을 받으니 이걸로 되었다.

새벽녘의 하얀 장미는 잠에서 깨자마자 바로 물을 바꾸어 주었더니 아름답게 폈다. 친절한 가게에서는 언제나

---

3 일본의 풍습 중 하나로, 다음날 맑은 날이 되기를 기도하며 하얀 천이나 종이로 만든 인형을 처마 끝에 달아 둔다.

이름표를 준다.

이번 주는 애벌랜치(avalanche)다.

어느 나라 이름인지 몰라 사전을 찾아보니, 눈사태라는 의미였다. 깜짝 놀랐다.

꽃송이가 큰 것 치고 잎이 작다. 꽃은 깊이 있는 하얀색에 옛날 그대로의 밀도와 형태를 지녔다.

지금 윙윙 소리를 내는 선풍기보다 먼지가 훨씬 더 많이 쌓여 있는 것은 환풍기다. 환풍기는 반년에 한 번, 기름으로 끈적끈적해진 걸 말끔히 닦는 게 재미있다. 가루비누를 뿌려서 낡은 천으로 닦는다. 어느 정도 다 닦으면 다시 비누로 씻는다.

음력 6월의 액막이를 하는 이는 천 년의 생명을 얻게 될지니[4]

주방에도 이제 여름이 다가온다.

---

4 음력 6월 신사에서 열리는 액막이 행사에 참배할 때 이 말을 하면서 띠로 만든 동그라미 속을 지나가며 기도한다.

밀다 おす

　지상에서는 보이지 않지만, 구름 위에는 있다. 매년 보이지 않는 이유는 1년에 한 번뿐인 중요한 밀회를 입을 크게 벌리고 올려다보는 인간 세상의 바보 따위가 엿보게 하고 싶지 않아서겠지.

　저녁의 커피집에는 커다란 창이 있었다. 비는 조금 전에 그쳤다. 사람의 걷는 속도는 그 동네의 고동과 같다. 아오야마는 도쿄 안에서도 빠른 편에 속한다. 하지만 출퇴근 시간대의 역처럼 한 덩어리로 보일 만큼은 아니다. 한 사람 한 사람 따로 떨어져 느긋하게, 자신을 버리지 않고 걷는다. 신호가 바뀌고 비슷한 사람을 발견했다. 그 사람도 이 사람도, 이제 은하수 근처에 있다. 보이지 않지만, 존재하는 곳.

　1년이 꺾이는 정점에서 숨이 차올라, 그저 멍하니 구름을 보며 나날을 보낸다.

　배가 살짝 아프다. 2주 정도 이어졌다. 몸부림치며 뒹굴 정도라면 바로 병원에 가겠지만, 어디가 아픈지 말하기 어렵다. 여기가 아픈가 하고 눌러보면, 거기가 아니다. 왼쪽에서 오른쪽으로, 은근슬쩍 도망친다. 아픈 느낌도

한결같지 않다. 탯줄을 잡아당기는 것처럼 뒤틀다가, 연한 먹물 한 방울이 스며드는 듯하기도 하고, 차가운 물이 계속 흐르는 것 같을 때도 있다. 작은 물고기라도 몸 안에 살기 시작했을까? 그렇다면 재미있겠지만.

어떻게 아프든, 건강검진을 한 지 얼마 안 되었으니 별거 아닐 게 분명했다. 비가 계속 이어지면 밭에 심은 채소들도 뿌리가 썩는다. 몸도 그런 구석이 있다. 감기도 걸렸으니, 무언가 균이 들어온 거겠지. 그래서 그냥 상태를 지켜본다.

누워서 배꼽에 양 손바닥을 올리고, 눈을 감고, 통증을 듣는다.

여자들이 겪는 복통이라면, 두 가지 발생 원인을 생각해 볼 수 있다. 그런 통증에는 익숙하다.

남자들은 아팠다 하면 소화기 계통의 병이다. 그편이 훨씬 더 무섭다. 자궁이나 난소가 들어 있지 않은데 아저씨들의 배가 불룩 튀어나오는 것은 왜일까?

그러면서 한겨울의 도호쿠, 눈보라가 치던 어시장을 떠올렸다.

심한 폭풍우 때문에 배가 뜨지 않는 날이었다. 전날 잡아 올린 커다란 대구가 쭉 놓여 있었다.

깊은 바다를 보고 온 몸뚱이들.

수컷의 가격은 암컷의 배나 되었다. 이리가 들어 있으

니까.

이리라는 것은 정소(精巣)였구나. 하얀 뇌처럼 생긴, 그런 게 배에 들어 있으면 무겁겠네. 인간의 것은 어떻게 생겼더라? 보건 체육 시간에 배웠을 텐데 정소의 형태가 떠오르지 않는다. 난소와 반대되는 이름이란 것을 이제야 알았다.

장화를 신은 발소리, 굉굉하고 부는 바람에 피 냄새가 섞여 있다. 무엇을 보고 왔니? 아직 파랗고 투명한 눈알을 하나씩 들여다본다. 여자는 자궁으로 생각한다고 말하는데, 그렇다면 남자는 정소로 생각할까? 그래서 이리는 뇌와 비슷하게 생겼을까?

여자라는 이름이 붙어 있어서 마치 다른 머리를 지닌 생명체처럼 살아가니 평상시에는 암컷이라고 자각하지 못한다. 완전히 망각하고 웃는다.

대구는 온몸이 매끈하게 빛난다. 그 매끈함으로 적과 무리와 상처로부터 스스로를 지켰다. 저렇게 커다란 물고기가 우글우글 모여 있는 바다는 아오야마를 지나다니는 사람들보다 북적일지도 모른다. 소매를 걷어 올리고, 귓가의 물소리를 휘젓는다.

팡팡, 퐁퐁. 귀를 막는 수압. 온천 휴양지 조반하와이언센터(常磐ハワイアンセンター). 분명히 인생에서의 첫 여

행이었다. 기념사진을 보면, 아직 갓난아기가 입을 법한 옷을 입었다. 그런데도 미끄럼틀에는 올라갈 수 있었다.

벌거숭이가 올라간다. 눈 밑은 넓고 넓은 목욕탕이었다. 헐벗은 엄마와, 아는 아주머니들도 있었다.

그대로 쭈욱 미끄러져 경사진 곳을 굴러 그 속도 그대로 풍덩 가라앉았다. 미지근하고 무거운 욕탕에서 세상이 빙글빙글 돈다. 그것은 태어날 때와 비슷한 일생일대의 고비. 터지는 기포 하나하나, 온천물의 색깔, 욕조의 윤곽까지 모든 것이 선명하게 보인다. 숨이 턱 막히고 코가 얼얼하다. 빙글빙글 도는 걸 멈추지 못한다. 잡을 곳도 없다. 허우적대도, 누군가의 엉덩이가 멀리 보일 뿐이다. 연한 초록색의 수중에 가라앉으면서 굴러가, 목욕탕 가장자리에 부딪혔다.

생사의 갈림길에서 둥 떠서, 깜짝 놀란 나머지 소리도 내지 못했다. 목욕탕 물을 가르며 엄마에게 다가가 매달렸다.

"왜 그래, 무슨 일 있었어?"

안아 올려져, 상자 같은 황금 목욕탕에 몸을 담갔다.

길에서 죽은 개를 본 적이 있었다. 그 개에게 꾀어든 초록색 파리가 반짝여서 예뻤다. 물에 빠질 뻔하거나, 정글짐에서 떨어지거나, 자전거를 탄 채 화단에 처박혔다. 수많은 벌레와 꽃을 죽이고, 다른 집 아이도 때리고 발로 찼다. 생각해 보면 아이들의 주변이야말로 죽음과 가깝다. 사느냐, 죽느냐. 어른은 일상의 잡스러운 일에 매여 있지만, 작은 인간들은 먹는 것, 자는 것, 즐거운 놀이의 시간조차도 생과 사. 그 흐르는 물의 냄새를 느낀다. 적어도 지금보다 훨씬 더 필사적이었다.

분라쿠의 동반자살 이야기를 볼 때도, 어쩜 그렇게 망설임 없이 죽는지. 잠깐만 기다려 보라며 붙잡고 싶어진다. 그런데 실은 이미 잃어버린 그 순수함, 일편단심에 매료되어 몸을 앞으로 쑥 내밀고 있다. 인형은 우왕좌왕하며 찔리고 부딪히고 뛰어든다. 지금까지의 모든 것을 내던진다. 무엇보다 내세를 믿어 의심하지 않으니 부러울 따름이다. 죽어버리겠다며 울어도, 보란 듯이 살아내겠다며 우는 사람은 드물다. 생은 어느 세상에서나 허공에 떠 있다.

나이가 들면 시계는 죽음에 가까워지지만, 실제로는 먼일처럼 느끼는지도 모른다. 어르신을 위한 잘 죽는 방법과 같은 책이 꾸준히 나오는 것만 보아도, 나이가 들어도 어떻게 죽어야 잘 죽는 건지 몰라 갈팡질팡한다. 모두 태어나서 처음 겪는 일이니까.

벌거숭이 갓난쟁이로 물에 빠졌던 무렵에는, 죽는 일에도 태어나는 일에도, 비슷하면서 유연한 무지의 상태로 존재할 수 있었다. 그때 살던 집은 비가 내리면 지붕이 투둑투둑 울려서 시끄러웠다. 잠을 자던 방에서 대청마루로 나오면 재래식 변소가 있었다.

손에는 나무토막을 쥐고 있었다. 비가 내려, 방은 어둑어둑하고 눅눅했다. 바닥 사이에는 오빠가 키우던 누에가 아작아작 뽕잎을 먹고 있었다.

여기는 산이고, 여기는 강.

투둑투둑, 아작아작.

여기가 집.

다다미에는 인형도 앉아 있었는지 모른다.

집이라고 해도 그저 나무토막을 두었을 뿐. 문도 지붕도 만들 수 없다. 그저 배치로서 나뭇조각을 놓던 때였다.

코끼리 아저씨, 코끼리 아저씨 하고 이제 막 노래할 수 있게 되었지만, 코끼리 아저씨는 본 적도 없었다. 아직 글자도 모르던 아이는 나무토막을 쥐고 어렴풋이 이해했다.

이 세상은 이렇게 생겨났구나.

어쩌다 알게 된 천지창조에 대해서는 초등학교에 들어갈 무렵까지, 때때로 그 이후에도 실감했다. 공작 시간, 모래밭, 나무타기, 신들은 참 다양한 일을 한다고 배웠다.

구멍을 판다. 점토를 둥글린다. 조금씩 이름을 외우며, 그것을 만든 이는 본 적도 없는 신들인 것을 알았지만, 그 사실은 나만의 비밀이었다. 이야기해도 공감하지 못할 테니까. 물에 빠졌는데도 아무도 몰랐듯이. 그렇게 생각했다. 실은 지금도 약간은 그렇게 생각해, 오늘까지도 입을 다물고 있었다. 이런 것도 신앙일지 모른다. 긴 시간 품어온 몇 가지 비밀은 때때로 부채처럼 촤라락 펼쳐져 바람을 뿌린다. 비밀을 누설했으니 벌을 받으려나. 신은 이제 다른 곳으로 떠나버렸을까?

갓난아기는 몸에 한가득 예언을 품고 태어나는 걸까? 그렇다면 말은 익힌다기보다 재회에 가깝다. 그때 알던 것은 이렇게 말하면 돼. 하나하나 집어삼켜, 목소리로 내뱉는다. 탯줄 주변의 통증은 너무 많이 집어삼킨 말의 썩은 뿌리 같다.

시내에 나가 커피집에 들어가는 일은 거의 없다. 어쩌다 보니 깜짝 놀라 달려 들어갔다.

빌딩의 커다란 문에 손가락이 끼었다. 먼저 나가던 여자가 뒤에 있던 손으로 생각지도 못하게 문을 세게 밀었다. 그 속도와 무게, 힘이 실린 그 사람의 감정에 휩쓸려 손가락이 끼었다.

숨이 멎었다. 순간적으로 주먹을 쥐고 주저앉았더니, 뒤따라 나오던 남자가 앞으로 꼬꾸라지면서도 괜찮으냐고 물었다. 일어나기를 기다려 문을 열어 주었다. 아프고 부끄러워서 옆에 있던 커피집으로 도망쳐 들어왔다.

이것보다 아팠던 적은 진구구장에서 야구선수 이다가

던진 파울볼에 맞았을 때뿐이다.

손톱은 깨지지 않았다. 검지에 팥을 뿌려놓은 듯한 피멍이 생겼다. 빨강에서 보라색으로 그리고 점점 검어지는 것을 보고 있자니, 검지 손톱은 오래전 익숙한 그 누에고치의 얼굴과 닮아 있었다.

그 얼굴이 사라질 무렵에는 이미 설날 이야기를 하고 있겠지.

가시다 ひく

검지 첫 번째 관절 길이만큼 땅에 구멍을 판다. 배웠을 당시보다 손가락은 자랐지만, 뭐 상관없다. 툭 떨어뜨렸다.

떡잎은 생각보다 금세 나왔다. 그 뒤로 긴 장마가 이어져 애를 태웠다. 올해는 뿌리가 썩었다는 사람도 있었다. 그리고 무더위가 찾아왔다. 오, 자랐네. 본잎이 나온 뒤 2주가 지나자, 키를 훌쩍 넘어섰다. 체온보다 높은 기온에 흥분한 것처럼 하늘로 우주로 뻗어나갔다. 뚫어져라 보고 있으면 자라는 모습이 보이지 않을까? 빨래를 널 때마다 쭈그리고 앉았다.

우리 집 나팔꽃 넝쿨 두 그루가 자라고 있다.

산책하다가 어딘가의 철망에 엉켜 있던 적자색과 푸른 자색 나팔꽃을 꺾어서 씨앗을 보관해 둔 것이었다. 넝쿨들은 서로 상의라도 하는지 매일 교대로 하나씩 핀다. 오늘 아침에는 푸른 자색 나팔꽃이 폈다. 손바닥만큼 큰 꽃으로, 연한 꽃잎이 바람에 부드럽게 흔들린다. 그 작은 꽃봉오리에 용케도 이렇게 큰 꽃이 접혀 있었구나.

나비 같다. 이런 색 치마가 있다면 정말 예쁘겠네. 꽃술을 들여다보면 음란한 느낌이 들어서, 나도 모르게 보는 사람이 있는지 주변을 둘러본다. 트롬본의 나팔 부분을 나팔관이라고 부른다. 학생 때는 여름방학 내내 금색의 나팔꽃을 왼쪽 어깨에 올렸다.

아침에 일어나 '영차' 하고 이불을 어깨에 짊어지고 베게 두 개를 안는다. 잠자리에는 두 베개를 나란히 놓고, 그 사이에 얼굴을 파묻고 엎드린다. 무더위도 고맙다는 마음이 들도록 아침 일찍 밖에 널어둔다. 요도 빤다. 오늘 밤도 뽀송뽀송하게 꼬꾸라져 잘 수 있겠다고 생각하면 열심히 일할 수 있다. 수면이야말로 몸의 선물이라고 느낀다.

이렇게 오늘도 쑥쑥 크는 나팔꽃에, '안녕' 하고 인사한다.

목소리는 내지 않는다. 말 따위 통하지 않으니까. 잎을 만지면서 그저 묵묵히 물을 준다. 자동차 소리, 윙윙 울리는 실외기 소리에 둘러싸여 쫙 쫙 물을 뿌려주고 올려다본다. 전부 다 털어놓았다. 몸이 가볍다.

이렇다 할 큰 비밀은 없지만, 소소한 비밀들은 쌓아둔다. 메일로, 전화로, 몰라도 될 소문을 들으면 더위에 경솔해져 바보처럼 이야기할까 봐 두렵다. 신기하게 그럴 때 일수록 꼭 약속이 몰린다. 그리고 만나고 싶은 사람과는 만나지 못한다. 얼마 전에 이렇게 말했더니, 만날 수 있을 때 만나면 된다고 했다. 일방통행의 막다른 골목. 고개를 푹 숙였다.

어제의 활활 타오르던 저녁 하늘, 오늘 아침의 멋들어지게 활짝 핀 나팔꽃. 독차지한다는 것은 쓸쓸하다. 그렇기 때문에 말이 존재한다. 언제였던가. 나가노(長野) 산등성이, 겹겹이 둘러싼 산들의 바위가 눈으로 덮혀 왕관처럼 보였을 때도 그랬다. 바로 직전까지 터졌던 전화도 터지지 않는 그곳에 머물며 글을 쓸 수 있어 다행이라고 생각했다.

그렇게 행복했던 바다는 바로 지난주였다.

나팔꽃에 물을 주고, 보지 못한 채 시들어 버린 지난주의 마른 꽃들을 뽑았다. 그러고 난 뒤 샤워하고 낮잠을 자고 일어났더니, 찌르르 아팠다. 이럴 줄 알았지. 한동안 맥주는 미루어야 한다.

달력의 그물을 빠져나와, 바다를 보러 갔다.

오후의 전철, 해수욕을 가기에 늦은 시간이었다. 흔들리는 전철 안에서 생각한다. 우리 집 나팔꽃은 지금쯤 오므라들고 넝쿨은 또 자라고 있겠지. 기분이 좋아 너무 일찍 일어났다. 물을 줄 때는 아직 펴 있지 않았다. 오늘은 자꾸만 보는 걸 놓치는 적자색 나팔꽃이 필 차례였다. 뒷머리가 도쿄를 향해 휘날리자, 하늘이 넓어졌다. 저 멀리 수평선이 다음 역 그리고 또 다음 역으로 갈수록 가까워진다. 나무를 휘젓는 바람이 빛난다. 바위의 표면이 보였다. 그리고 역에는 해안가의 이름이 붙어 있었다.

하룻밤은 술에 취했고, 다음 날 아침은 항구를 통해 눈앞에 있는 섬으로 건너갔다. 뱃삯은 300엔. 배 바닥에 있는 엔진 때문에 엉덩이가 저릴까 싶었는데 금세 도착했다.

"돌아갈 때는 저기 있는 버튼을 누르세요. 데리러 올 테니까요."

햇볕에 새까맣게 그을린 선장의 하얗게 마른 머리카락. 바다를 보고 배에 타는 일이 당연한 일상인 사람과 이야기했다. 이렇게 생각하는 것만으로도 한동안 푹 잘 수 있다.

태풍이 지나간 후여서 종종 모자가 날아갔다. 비의 명소는 인류의 상상을 뛰어넘을 정도로 쾌청했다. 어깨가 이글이글 타올랐다. 저 멀리 뭉게뭉게 피어 있는 소나기구름이 백곰들의 연극 같았다.

바닷물이 빠져나간 리아스식 해변 둔치에 쭈그려 앉는다. 물이 빠진 암석의 움푹 파인 곳에는 다양한 생명체가 있다. 작은 물고기, 조개, 돌의 보이지 않는 곳에 게도 있다. 신은 이렇게 작은 물웅덩이도 재미있다면서 보고 있을까? 쭈그리고 앉아 뒤를 돌아보니, 지평선이 기울어져 보였다.

지난밤, 항구는 축제였다.

검은색 사자탈과 신을 모신 오미코시(お神輿) 가마가 집마다 돌았다. 오미코시를 짊어진 사람들은 축복의 기야리(木遣り) 노래를 한 목소리로 불렀다. 밤이 되어 오미코시가 신사 경내에 들어갈 때가 되었다. 사자탈이 신사 입구에 있는 도리이(鳥居)[1]를 지나려고 할 때마다 모두 힘을 모아 끌어내며 저항했다. 1년에 한 번 열리는 축제이니 쉽게 돌려보낼 수는 없다. 사자탈이 들어가지 않으면 오미코시도 돌아가지 못 한다. 신사로 향하는 길은 사람으로 넘쳐났고, 최고조에 이른 열기가 소용돌이쳤다.

푸르고 푸른 태평양을 등지고 꽃봉오리를 들여다본다. 여름 한가운데에 정신이 몽롱해지면 입을 다물고 이것저것 보고 있을 수밖에 없다. 마치 어렸을 때 같았다. 그리고 어제의 축제도 훨씬 오래전 일처럼 느껴진다. 시간이 완전히 과거로 돌아가, 그 설국에서 콧물을 흘리며 썰매 타기를 하던 무렵부터 오늘까지의 모든 일을 이미 다 알고 있었던 것 같다.

전부 과거가 된다. 되뇌며, 어금니를 깨문다. 그리고 지금도 몸부림치는 시간. 전부 혼자서 독차지하던 것이었다. 처음 눈이 마주친 것도 여름이 한창일 때였구나. 하루 종일 익숙하지 않은 동네를 걸어, 부스스하고 화장기도

---

1 신사 입구에 세우는 기둥 문으로, 이 문을 통해 신의 영역과 인간이 사는 속세를 구분하며 신의 영역으로 들어가는 입구를 나타낸다.

없었다. 그 아련하고 멍한 상태를 쓸어버리고 싶다.

울고, 웃고, 침묵한다. 이 모든 것에 다 서툴러졌다.

더위는 말을 시들게 한다. 이런 저자세를 두고 복종이라고 하는 걸까. 그런데도, 침묵하고 있어도 땀은 흐르고 목소리가 되지 않은 말은 빵의 생지처럼 부풀어 오른다. 그럼 좋아하지 않는 독서로 도망칠 수 있다. 책에 집중할 수 있고 음악은 투명해진다. 그럴 때는, 어딘가 상해 있다. 지쳐 있다. 여름에는 이 모든 것을 더위 탓으로 돌릴 수 있다.

발아래 풀이 무성하게 자란 땅에 갯메꽃이 피어 있었다. 오늘은 더 이상 물을 줄 수 없다. 오늘도 펴 있을 나팔꽃.

여행으로 떠난 곳에서 밭이나 현관 앞에 꽃이 풍성하게 핀 모습을 발견하면 부럽다. 먼 여행지가 아닐 때는, 노상 재배된 한 묶음의 식물을 안고 돌아갈 때도 있다. 뿌리를 잘라달라고 해서 젖은 손수건으로 감싼 뒤, 신문지로 둘둘 만다.

매일 물을 갈아주면 일주일은 피어 있다. 방에 다른 생명체의 숨결이 자리하고 시선에 가까운 기적을 느끼는 일은 혼자 사는 이의 안 좋은 행동거지를 어느 정도 훈계하는 효과도 있다.

그러다 일주일 동안 차례차례 시들면, 이미 볼 것 다 보았다고, 모든 것에 질렸다고 치부하고 싶어진다. 그것은 아직 인생이 길다고 생각하기 때문에, 언젠가 들었던 섬뜩한 발소리를 자못 잊었기 때문이다. 완전히 잊지 않도록, 청소하고, 이불을 말리고, 잘 잔다.

아침이 되면, 아직 본 적 없는 꽃이 피기 마련이니까.

명치가 쿡쿡 울린다. 오늘 아침은 좀 나아져서 점심으로 국수와 토마토를 먹었다. 그런데 뭔가 아쉬워 디저트로 멜론을 먹자 순식간에 상황이 역전되었다. 덥다 더워 소리가 절로 나왔다. 나팔꽃은 이미 졌다.

아직 조금 아프다.

배를 움켜쥐었더니, 상냥한 이가 문질러 주었다. 따뜻하고, 부드럽고, 히죽히죽 웃음이 날 정도로 기분이 좋았다. 가슴이 조금씩 펴진다.

맞다, 그랬다. 여름방학, 질릴 때까지 고양이의 몸을 마음껏 쓰다듬으면 아코디언의 주름상자처럼 점점 길쭉하게 늘어났다. 싫증 내지 않고 문질러 준다. 이것은 그때 그 고양이의 보은일까? 고양이에게는 했는데, 사람에게는 해준 적이 없네. 주무시는 할머니의 손이나 등이나 허리를 겨우 문지르는 정도였다. 다른 사람의 배를 만지는 일은 등이나 손을 만지는 일보다 흠칫흠칫하게 된다. 이 손은, 차분하다.

배꼽 주변이 동심원으로 따뜻해져, 펄떡펄떡 뛰던 맥도 가라앉는다. 기분 좋고, 따뜻하고, 쓸쓸해서, 눈을 감는다.

달은, 다시 채워져 간다. 배는, 아플 때도 있고 괜찮을 때도 있다. 할 일은, 아직 많다. 슬슬 빨래도 이불도 걷어야지.

물고기나 게들. 바위와 모래와 같은 색의 농담을 지녀, 수묵화 같았다. 만조가 되고, 꽃봉오리가 활짝 펴져 어딘가로 실려 갔을까?

탯줄은, 수많은 생명체의 소식을 쫓는다.

귀는, 매미 소리만 세고 있지만.

뛰어오르다 とぶ

벌써 일주일이나 비가 이어진다. 상인방에는 반바지와 슬립과 유카타와 원피스와 장화와 잠옷이 걸려 있다. 마치 누군가의 대기실 같다.

선풍기를 돌리자 건조가 조금 나아졌다. 시트나 손수건은 덜 마른 상태에서 다림질해 하룻밤 의자 등받이에 걸쳐 둔다. 옷을 고를 때도 금방 마르는 옷에 먼저 손이 간다. 쌀쌀한 아침인데도 얇고 하늘하늘한 옷차림에 니트 카디건을 걸치고, 이런 멋 부림도 있을지 모른다며 거울을 들여다본다. 그러는 사이 습도가 올라, 벗다가 입었다가 분주하다. 입추가 되자마자 바로 시원해졌다. 여름이 묘하게 끝났다.

선풍기의 단점은 먼지가 잘 붙는다는 것이다. 분해해서 씻는다. 귀찮다고 방치하면 먼지를 여기저기 흩뿌린다. 이렇게 습도가 가득한 방에도 정전기는 숨어 있다.

분리해서 개수대로 가져간다. 화환처럼 생긴 파란 날개에 물을 뿌리고 낡은 천으로 닦는다. 베란다에 내놓고 말린다. 마음 같아서는 주방 환풍기도 닦고 싶지만 일단 참는다. 기름으로 끈적끈적해진 것을 뽀득뽀득하게 닦아내고 싶다. 어렸을 때 보고 놀란 그 광고처럼 씻는 게 재미있다.

물방울이 튄 날개에 바깥에서 들어온 약한 빛이 반사되어 벽이 살짝 파랗게 물들었다.

얼마 전, 빌딩 틈새에서 비둘기가 비를 피하고 있었다. 자그마한 몸에, 빗방울은 크고 무겁게 스며들었다. 불쌍할 정도로 흠뻑 젖어서, 날개를 움츠리고 몸은 부풀리고 있었다. 추운 게 분명했다. 홀로 아무 말 없이 한곳만을 응시하고 있어, 미국 영화배우 험프리 보가트(Humphrey Bogart) 같았다.

근처에서 자주 보는 비둘기들은 무지개에 재를 뿌린 듯한 날개를 지녔다. 저녁의 공원에서 놀던 남자아이들은 매미나 나비나 잠자리를 잡는 족족 날개를 떼어내 던졌다. 작은 생명체는 날개를 잃은 몸을 비틀다가 조용히 움직이지 않게 되었다. 명주실보다 가는 촉각, 렌즈 같은 눈, 손가락을 물고 늘어진 것은 연두색 사마귀였다.

파란 하늘을 볼 수 없게 된 곤충들을 가만히 바라보았던 것 같은데, 분명 똑같은 짓을 했을 것이다. 툭 하고 떨어지는 감촉을 알고 있으니까. 지금도, 풀을 뜯고, 꽃을 꺾고, 고기를 찢고, 생선의 배를 가른다.

어지간히도 죄를 많이 지었지만, 동식물들도 만만치 않아서 굼뜨고 괘씸할 때가 있다.

잠자리도 고양이도 매미도, 연못가에서, 파란 하늘 아래에서, 부지런히 교미하고 있었다. 참새라는 녀석은 우리 집 창문 손잡이에서 밀고 당기면서 올라타 보여준다. 거리에서, 동물원에서 몰래 훔쳐보고 있으면, 생명체들의 섞임은 단조롭고 빠르다. 그걸로 괜찮은 거야? 걱정이 된다. 원숭이 동산에 사는 암컷과 수컷도 궁리하며 교미하는 걸 본 적이 없다. 언제나 순식간이었다. 그리고 다시 들러붙는 걸 보면 했다는 사실조차 잊는 듯했다. 사람은 어둠 속에서 은밀하게 연구해 마흔여덟 개의 방식을 생각해 냈다. 그런데 날개가 없으니 잠자리처럼 공중 기술은 없다. 귀 안에 바람이 쌩쌩 불까? 속도에 모든 털이 다 곤두설 것 같다.

"아까부터 여기에서 보고 있는데."

바로 옆에서 빨래를 널어도, 참새는 그만둘 낌새조차 보이지 않았다.

여름에는 도서관에 다닌다. 자리를 차지하고 뜨개질할 수도 없어, 아동실의 작은 의자에 앉아 독일 작가 에리히 캐스트너(Erich Kästner)의 소년문학전집을 처음부터 읽었다. 『에밀과 탐정들(Emil und die Detektive)』『동물 회의(Die Konferenz der Tiere)』『핑크트헨과 안톤(Pünktchen und Anton)』『로테와 루이제(Das doppelte Lottchen)』. 다시 읽는 책도, 처음 읽는 책도 있었다.

아이들 책은 이야기 안의 공기가 하얗고 투명하니까, 읽고, 끝까지 읽고, 새기고, 이해하고 받아들이면, 선명하게 느낄 수 있다. 캐스트너가 쓴 이야기는 아이들의 생활이 아주 현실적이라 마음에 든다.

쌍둥이는 이혼한 부부가 한 사람씩 데려가 떨어져 살았다. 에밀리의 엄마는 집에서 미용실을 운영해 바쁘다. 안톤의 엄마는 병에서 회복한 지 얼마 되지 않았다. 부자인 핑크트헨은 외롭게 지낸다. 어린 남자아이가 감자를 쩌고 달걀 프라이를 한다.

『하늘을 나는 교실(Das fliegende Klassenzimmer)』은 독일 문학자 이케우치 오사무(池内記) 씨가 번역한 문고판을 가지고 있어 비교하며 읽었다. 할 일을 이것저것 잔뜩 쌓아 놓고 크리스마스 이야기를 한여름에 읽는다. 오스트레일리아의 크리스마스는 이런 분위기구나.

다 읽지 못하면 빌린다. 착한 아이들의 이야기를 안고 걸으면 풀 냄새가 그리워져, 잔디밭이 있는 공원에 들른다. 올해 여름도 모기에 많이 물렸다.

"아빠, '가니니 사사레타'."

"고우 군, '가니니'가 아니라, '가니 사사레타'야."

아버지가 자그마한 남자아이에게 가르쳐 주고 있었다. 전에도 들은 적이 있는 대화였다. 가니(カニ, 게)는 빨갛고 집게를 가지고 있잖아. 이건 '가(蚊, 모기)'한테 물렸다고

하는 거야. 일본어로 이제 막 말할 수 있게 된 작은 사람은 한 글자 이름을 이해할 수 없다. 가니, 가니니. 가니, 가니 사사레타. 작은 목소리로 되풀이한다.

한 글자 이름을 가진 생명체는 우(鵜,가마우지)라든지 모(藻, 해초)가 있다. 가와 우와 모라면, 물가의 이야기.

멍하니 있다가 모기에게 엄청나게 물려 장딴지가 부어올라 숨이 가빠진다. 가렵고 짜증도 난다.

찰싹, 탁.

과거의 보복은커녕, 지금도 망설임 없이 때려잡은 뒤, 빨아먹은 게 분명한 피가 보이지 않으면 실망한다. 여름이 올수록, 살아갈수록, 선한 것에서 멀어진다. 이래서는 도저히 무엇을 위해 학교에 가서 공부했는지 모르겠다.

커서 뭐가 될 거야? 아까 그 아버지는 프러포즈보다 더 진지하게 물었다.

작은 고우 군은 구급차가 될 거라고 말했다.

커서 뭐가 될 거야? 1년에 한 번은 꼭 들었다. 작문도 썼다.

여성 경찰관이나 버스 가이드나 간호사. 모자를 좋아하니까. 그렇게 썼다. 상냥한 담임 선생님은, 모자도 멋있지만 어떤 일을 하는지 알아보자고 빨간 펜으로 써주었다.

꿈의 진로는 계속해서 바뀌었고, 그 무엇도 실현되지

않았다. 하지만 한 번도 누군가의 신부가 되겠다고 쓴 적은 없었다. 드레스는 참 아름다운데. 구급차도 하얗다. 사람이 아닌 것을 동경한 것은 백조 정도였다.

"백조 공주님은 그렇게 예의 없이 행동하지 않아요."

선생님이 이야기하면, 이쪽저쪽으로 쭉 뻗었던 다리를 가지런히 모아 발레의 첫 번째 기본 자세로 섰다. 프레파라시옹(preparation). 아이였는데도 몸이 유연하지 않아 마지막까지 능숙하게 잘하지 못했지만, 큰 키 덕분에 공중으로 뛰면 껑충 하고 튀어 올랐다. 그걸로 토끼 역할을 맡았다. 분홍색 타이츠. 분홍색 의상의 엉덩이에는 둥글고 하얀 방울이 바느질되어 있었다.

글리사드(glissade), 어셈블(assemble), 샹즈망(changement), 샹즈망, 글리사드, 주테(jeté), 어셈블. 쿠페(coupe), 파드부레(Pas de Bourree), 시손느(sissonne), 수쒸(sus-sous). 팔은 이때, 앙 오(en haut).

지금은, 염불 같다. 종종 아무도 없는 곳에서 중얼거리며 논다. 아침의 공원, 심야의 길거리. 그림자밟기를 하는 듯한, 벌레에게서 도망치는 듯한, 어색한 다리를 바라본다.

냉방을 너무 많이 쐬어서 팔다리가 차가워졌을 때 폴짝 뛰면 나아진다. 열 번 뛰면 바로 땀이 난다.

지난번에 오사카로 가는 신칸센에서도 몰래 뛰면서 관성의 법칙을 유심히 바라보았다.

통로에서 폴짝. 그렇게 뛰는 1초도, 80킬로그램은 되어 보이는 쿨쿨 자는 아저씨도 모두 눈에도 보이지 않을 속도로 질주하는 열차에서 떨어지지 않고 붙어 있다. 보이지 않는 힘으로 지탱되어, 저마다 춤을 추듯이 살아간다. 끝이 없는 일이라며 문에 얼굴을 대었다. 갈 때도 올 때도 후지산은 보이지 않았다.

수첩이 가득 채워지면, 같은 사람에게 했던 말을 또 하거나 이야기 도중에 화제를 바꾸거나 결론을 알 수 없게 되기도 한다. 말하고 싶지 않은 것을 뻐끔뻐끔 말한다. 먼지를 뒤집어쓴 기계처럼 민폐를 흩뿌린다.

이건 다른 이야기인데. 현명한 사람이라면 이렇게 말하며 화제를 전환하겠지. 그런데 나는 이야기를 중간에 끊고도 끊었다고 자각하지 못한다. 취하면 망설임 없이 더, 훅하고 끼어든다. 나중에야, 끙끙 앓는 날이 늘어났기 때문에, 한 이야기 또 하면 알려달라고 간절히 부탁했다. 그렇지만 다정한 사람은 분명 알려주지 않을 것이다. 그래서, 오늘은 하고 싶은 이야기만 해보기로 했다.

"좋아. 그렇게 해."

어린아이 같은 선언을 허락해 주어 기뻤다. 이런 기쁨이 주어지면, 그 어떤 선물도 필요 없다.

하늘이 파랗네. 빨래 널었으니까 비 오면 안 되는데.

아침 국수는 단아해. 규슈에서 나오는 국수도, 이보노이토(揖保乃糸) 국수도, 저마다 다 맛있더라.

입으로 내뱉기 전에 정말 그렇게 생각해서 말하는 거야? 곰곰이 생각한다. 이건 당근이라고 확인한 뒤 입에 넣는 것과 같다. 어렸을 때 자주 듣던 말이었고, 정말 오랜만의 쉼표였다. 발리만 이어지는 테니스처럼, 날아오는 순간 쳐낸다. 배를 타고, 물이 불어난 강을 거침없이 내려가듯이 이야기를 이어갔다.

더위 탓도, 다른 사람 탓도 아니다. 그저 게으르고 너무 게을러서, 게을러져 있다는 것조차 깨닫지 못하고 있었다. 창고 안 깊숙한 곳에서 소중한 도구를 발견했을 때처럼 어이없었다. 소스라치게 놀랐다.

오늘은 약속이 없는 날, 일주일 만에 맑은 날. 집마다 베란다에 이불과 빨래가 한가득 걸려 있다. 도서관으로 향하는 길에서 한 여성과 스쳐 지나쳤다. 출근 시간의 빌딩도 눈부셔, 그 사람은 그대로 하늘을 올려다보았다.

거기에 이끌리듯 올려다본 하늘은 높고 깊어진 파란색에, 이제 막 만들기 시작한 솜사탕 같은 구름이 엉켜 있었다.

교차로를 돌자마자 도움닫기로 물웅덩이를 훌쩍 뛰어넘었다.

자다 ねる

15일 밤의 달이 떴습니다. 이렇게 예쁜 달도 참 드물어요.

목소리로 건네도 대답은 없다. 하늘은 실전에 약한지, 칠월 칠석이나 15일 밤은 구름을 올려다본 기억이 더 많다. 올해는 예쁜 달님이 떴는데도 가타부타 어떤 말도 들려오지 않는다. 한심한 모습은 이제 볼 만큼 다 보았다는 듯이.

할 이야기는 얼마든지 있다. 아무래도 상관없는, 소중한 오늘. 아무한테나 이야기하고 싶은 것은 아니니까.

낮에 이불을 터는데 하늘에 온통 정어리 구름이 떠 있었다.

맛있겠다. 예쁘다고 하려던 게, 정작 말은 이렇게 나와 깜짝 놀랐다. 전날 밤, 물 좋은 전갱이를 먹었는데. 등 푸른 생선이 맛있을 때지. 삼치 먹고 싶네.

혼잣말이 늘고, 하늘만 올려다보고, 꿀이 먹고 싶어진다. 쓸쓸하고 재미없다는 뜻이다.

날씨가 좋다는 핑계로 이불만 계속 말리는 것도 엉뚱한 데 화풀이하는 것과 비슷하다. 짊어지고 영차, 왼쪽 어깨에 건다. 팡팡 두들긴다. 뒤집는다. 다시 힘껏 두들긴다. 도쿄에는 저항하지 않는 이불과 싸우는 돈키호테가 있다. 이불은, 두들기고 부딪히며 혼자 하는 씨름의 연습 상대가 되어준다.

저녁에 이불을 걷을 때는 오른쪽 어깨에 짊어진다. 그 상태 그대로 슬쩍 누우면 기분이 좋다. 이불에 감싸여 있으면 다시 사이가 좋아진 기분이 든다. 저녁 무렵의 낮잠은 학생 때 이후 처음이다. 그 무렵에는 자고 일어나면 밥이 차려져 있었다. 지금은, 자고 일어나면 쌀을 씻는다. 입을 열어 먹어야 하니까. 슥 쫘락, 슥 쫘락, 그 소리는 잘 울린다.

친구가 본가에서 가져다준 빨간 된장을 큰 숟가락으로 하나 떠서, 미림과 술을 붓고, 겨자도 조금 넣는다. 우유를 끓이는 작은 냄비에서 약한 불로 뭉근하게 끓인다. 보글보글 끓어오르면 나무 숟가락으로 젓는다. 광택이 돌고 되직해지면 감귤을 짜서 넣는다. 오늘은 등자 열매다.

술을 따끈하게 데우는 사이, 흠칫흠칫 구운 가지의 껍질을 벗기고, 작은 냄비에 담긴 된장을 접시에 부은 다음, 깨를 뿌린다.

정종을 술잔에 따라, 아아, 느긋하게 시간을 보낸다. 매콤짭짜름한 된장이 버무려진 가지를 혀끝으로 뒤섞는다. 더 안쪽의 혀와 위턱으로 뭉갠다.

꽃무릇은 이미 졌다. 벌레도 한창 우는 시절에 목뒤 쪽 경직된 부분을 문지른다. 시내에 나가면 아직 냉방병에 걸린다. 그렇게 더우면 1년 내내 알로하셔츠를 입고 일해도 괜찮아요. 정장을 입고 땀을 흘리는 사람들이 안쓰러웠다.

한 모금에 금세 기운이 나다니. 술은 대단하구나. 그러고 나서 한 입씩 남아 있던 반찬을 큰 접시에 모두 담아 책상으로 가져갔다. 조금씩 먹다 보니 창밖에서 소스 냄새가 퍼져왔다. 그 냄새에 이끌려 국수는 제쳐두고 오코노미야키를 만들었다.

양배추와 베니쇼가, 뱅어포, 파. 가쓰오부시는 있지만 파래김이 없다. 오코노미야키라고 하기에는 무언가 부족하지만, 소스가 어떻게든지 해결해 줄 것이다. 얇은 분홍색 껍질을 가르면, 노란색 보름달. 프라이팬 위, 반죽의 달도 점점 크고 둥글게 부풀어 오른다.

냄비와 접시, 젓가락, 프라이팬까지 씻은 뒤에야 굽는다. 우유 냄비에 다시마를 넣고 물을 받는다. 우유를 좋아하지 않으니, 일주일에 한 번도 제 역할을 하지 못한다. 그 외에는 된장국, 톳 조림, 채소 조림, 간장 절임. 무슨 요리든, 술꾼이 앞에 놓고 들쑤시기에 적당한 크기의 냄비다. 우유 냄비가 아니라 술안주 냄비라고 개명하는 게 낫겠다.

본가에 가면 냄비도 프라이팬도, 팔이 그 크기에 익숙

해지지 않는다. 냉장고만 해도 키를 훌쩍 넘어선다. 노부부가 사용하니까 작은 걸로 바꾸면 어때? 늘 이 말이 목구멍을 넘어오려는 걸 억누른다. 엄마의 팔이 기억하고 익숙해져 있는 냄비의 단위는 지금도 4인분이니까.

요즘 들어 집에 토란이라든지 호박이 자주 들어온다. 호박이라면 아침에 수프로, 낮에는 채소 튀김으로, 밤에는 푹 익히거나 구워서 양념에 절여 먹는다. 머리보다 큰 호박이 아직도 두 개나 있다. 좋아하니까 질리지 않고 먹는다. 슬슬 얼굴이 노랗게 될지도 모르겠다. 전쟁 무렵, 그런 아이가 있었다고 아버지가 말했다.

절-집-의 스-님-이 호-박-씨-를- 뿌-렸-습-니-다.[1]

이거 알아?

몰라.

주정뱅이가 마주 앉아 손을 맞잡는다.

쎄쎄쎄. 네 손바닥을 치고, 노래한다. 이기든 지든 이 의식을 하면 아예 처음부터 다시 시작해야 돼. 싹이 나오고 꽃망울이 부풀어, 꽃이 피면, 가위바위보. 이기든 지든, 지금도 하고 싶다.

얼마 전에 본 영화에서는 노르웨이 남자들이 더 복잡한 조합으로 찰싹찰싹 치면서 했다. 주먹끼리 치거나 가

---

1 〈절집의 스님(お寺の和尚さん)〉이라는 가위바위보 노래의 일부로 우리의 〈아침바람 찬바람〉 동요와 비슷하게 손 놀이를 하며 노래를 부르다가 마지막에 가위바위보를 한다.

슴끼리 부딪쳤고, 댄서를 지망하는 아이들은 더 복잡하게 만들어 즐기고 있는 듯했다.

손을 잡고 원을 만들면 이상한 자력이 발생한다. 두 사람일 때는 그렇지 않다. 가고메카고메(かごめかごめ)[2]는 물론이고, 부글부글 끓어오르는 거품처럼 사람이 많아도, 한가운데 쭈그리고 앉아 눈을 감으면 일상에서 아득히 멀어진다.

지금 생각해도 도저히 영문을 알 수 없던 일이 중학생 무렵에 있었다.

옥상으로 올라가는 계단의 계단참에서 마술을 했다. 비밀이라면서 불려 간 건 딱 한 번뿐이었다. 방법은 잊었다. 다섯 명이 있었다. 교실에서 의자를 하나 가져갔다. 먼지가 묻은 세일러복을 입은 친구들 얼굴은 누구 하나 기억나지 않는다.

한 명이 앉고 세 명이 둘러쌌다. 마술사는 양손을 모아 검지로 권총 모양을 만들라고 지시했다. 마술사까지 합세해 넷이 함께 친구가 앉아 있는 의자 네 모서리에 권총 모양 손가락을 걸고, 하나 둘 셋 소리를 내면서 들어 올렸다. 꿈쩍도 하지 않았다. 당연하다.

그 후에 어떻게 했는지, 정작 중요한 마술은 잊어버렸

다. 마지막에 네 명의 손바닥을 서로 닿지 않도록 하면서 앉아 있는 친구의 머리 위에서 포갰다. 위아래 손바닥의 열을 느꼈냐고 물어서, 느꼈다고, 모두 말했다.

아까 했던 걸 다시 할 거야. 넷이 허리를 굽혔다.

"하나 둘 셋."

의자가 머리 위로 높이 들려서, 앉아 있던 친구가 비명을 질렀다.

그건 도대체 어떻게 된 일일까? 기공 같은 거였을까? 세일러복을 입은 처녀에게는 가늠할 수 없는 힘이 있는 걸까?

종종 떠올라서 다른 사람에게 이야기한다. 하지만 해본 적이 있다는 사람을 만난 적은 없다. 교실에서 몰래 빠져나와 옥상에서 늘 잠만 잤으니 꿈일지도 모른다.

비슷한 시기, 처음으로 데이트한 남자아이는 손을 잡는 데만 반년이나 걸렸다. 땀을 흘리고 있었다.

알프스 1만 척(アルプス一万尺)[3], 무궁화꽃이 피었습니다. 쎄쎄쎄. 데이트. 모두 혼자서는 할 수 없다. 오른손과 왼손의 깍지를 끼고 뒤집어본다. 손을 이어서 만든 원을 들여다보아도 앞치마를 두른 배만 보인다. 시시해져서 고개를 갸웃거리는데, 밤의 금목서가 몰래 숨어들어 와 있었

---

3 미국 동요이자 독립전쟁 때 불리던 애국가 양키 두들(Yankee Doodle)에 가사를 붙여 손동작을 하면서 부르는 놀이 또는 그때 부르는 노래를 말한다. 한국에서도 〈양키 두들〉이라는 동요로 불린다.

다. 내 노래에 맞춰 달밤의 라디오 체조를 했다.

이불 위에서 크림을 문지른다. 문득 침상에 굴러다니
던 곰이 눈에 들어와 팔을 잡고 흔들흔들 흔들었다. 이것
은 곰인 주제에 음매 하고 운다. 동그란 눈을 보고 있자니,
이 나이에 뭘 하고 있는 건지 부끄러워져 발아래로 밀어
두었다.

손바닥끼리 문지른 뒤에는 발바닥도 문지른다. 오십
번씩 한다. 왼손으로 오른발을, 오른손으로 왼발을 문지
른다. 훈련하면 손과 발로 쎄쎄쎄를 할 수 있겠는데. 이건
태극권 선생님에게 배웠다. 발바닥 지압점이 자극되니 평
소라면 바로 깊은 잠에 빠진다.

이불로 파고든다. 어금니의 긴장을 푼다. 얼굴, 손, 발
의 힘도 뺀다.

세상에는 대자로 누워 있을 때만큼 자유로울 때도 없
다. 그런데도, 깨끗하게 빨아둔 이불에 감싸여 완벽하게
준비된 침상에서 데굴데굴 구르고, 무릎을 세우고, 엎드
린다. 발아래에 있는 곰을 양발 발가락으로 잡아 끌어온
다. 결국 일어나 라디오를 켰다가, 이건 아니라며 껐다. 언
제나 두 번째 곡에서 잠들던 CD도 틀자마자 아니었다. 술
도 차도, 아오모리 산노헤(三戸) 지역의 맛있는 사과주스
도 필요 없다.

방도 주방도 정리하고, 다림질도 모두 해버렸다. 작은 냄비에 든 다시마는 내일을 기다리고 있다. 뜨개질도 독서도, 오늘은 차고 넘칠 정도로 했다.

어쩔 수 없이 잠자리로 돌아간다. 뒹굴뒹굴할수록 눈이 말똥말똥해진다. 창문이 밝다. 잠들지 못하는 것도 보름달 탓일까?

"등 돌리고 눕는다고 싫다는 뜻은 아니야."

휘영청 둥근 달을 보고 있는데, 몸이 저쪽을 향했다. 목소리는 바로 사랑스럽고 보드라운 숨소리가 되었다. 떨어지지 않도록 몸에 잔뜩 힘을 주고 자면서 뒤척이지 않도록 조심하다가, 바로 잠이 들었다. 다음 날 아침에는 몸이 쑤셔서 기뻤다.

지금도 달을 보고 있지만, 오늘은 모두, 너무 많이 부풀어 있다.

그만두다 やむ

저녁인 줄 알았다. 비가 오는 화요일, 동네가 차분해서 좋다.

어젯밤, 커다란 아키즈키(秋月)를 마지막으로 먹고 말았다. 열두 개나 있었는데.

행복하고 고마운 마음에, 동그란 과실을 높이 치켜들고 칼날을 대었다. 살짝 까칠하면서 반들반들한 껍질을 깎자, 지하에서부터 끌어올린 물방울처럼 차가웠다. 묵직하고 새하얗다. 달을 손에 들면 이렇게 황홀하겠지. 그러자 욕구가 인간에게서 벗어나, 마음 내키는 대로 산의 정상에 쌓인 눈을 내려다보고, 콸콸 솟아나 길을 만드는 지하수를 따라가, 그 모든 것을 전부 마셔버리듯이 맹렬하게 달려든다. 아, 이거였다면서, 숨을 크게 쉰다.

사람의 몸 어딘가에는 물로도, 맛있는 술로도 채워지지 않는 항아리가 있다.

평소에는 모르는 채 생활하다가, 단 한 모금으로, 말라 있었다고 깨닫는다. 텅, 탕, 바짝 말라버린 항아리는 맹렬하게 빨아들인다. 부족했던 것은, 어떤 때는 배, 또 어떤 때는 부드러운 누군가. 맛있다고 좋아하면, 내가 키운 것도 아닌데 기분이 좋았다.

더 더울 때는 근처에서 파는 목면 두부와 끓인 물 한 잔을 먹고 마셨다. 미역이나 미역귀를 먹을 때도 있었다. 이제 조금 지나면 감도 나올 테고, 또 뭐가 있지.

도호쿠 지방의 피가 끓는지, 추워지면 뭐든 열심히 하고 싶어진다. 바쁘지도 않으면서 눈을 뜨자마자 마음이 조급해진다.

빵을 베어 먹고 사과주스를 마시면서, 점심은 무얼 먹을까, 곰곰이 생각한다. 그렇게 예정대로 점심을 만들면서, 저녁은 어떻게 할까, 마음 내키는 대로 나갈까 아니면 연락이 오기를 기다릴까. 효과가 좋아 보여도 그저 서두르는 것뿐이다. 모든 일에 내내 건성이다.

머리도 배도 손발도, 너무 많이 쓰면 뭐가 뭔지 도통 알 수 없게 된다. 드러머야말로 진정한 천재. 거기에 노래까지 할 수 있으니, 돈 헨리(Don Henley)[1]의 뇌는 분명 꽉 차 있고 무겁겠지.

너무 서두르다 삐걱거리기 시작하면, 과음하거나 과식하거나, 불면증이 되어 지치고 무기력해지고 열이 난다. 그럼 드디어 처음으로 돌아갈 수 있다. 그런 일련의 과정도 계절처럼 돌아온다.

움직이고 싶어 하는 몸을 진정시키는 일이 늘 서툴러

---

1 미국 록 밴드 이글스(Eagles)의 멤버로 드럼과 보컬이었다.

난감하다. 생각이 얼굴에 그대로 드러나는데, 요즘에는 더 심해졌다. 그건 마음이 유치한 데다가, 가을에 적응하지 못하고 있다는 증거다.

열을 품은 머리는 잘못된 판단을 하고, 생각은 갈지자를 이루며 자꾸만 틀린 쪽으로 기울어진다. 초침만 들려와, 서두르다가 넘어지지만, 멈추지 못한다. 호흡은 얕고 가빠지기만 한다.

그러다가, 오늘 아침 어둡고 비가 오는 걸 보며, 날씨 탓도 있겠구나 생각하니 문득 진정된다.

10월 1일에 한여름 옷차림으로 있는, 올해는 그런 세상이니까.

걱정거리는 하나 해결하는 사이, 새로운 것이 열 개나 생긴다. 하물며 말은 하나 대답하기 전에 백 개나 떠오른다. 새롭게 무성해지는 가지와 잎, 파랗고 뾰족한 가시, 덩굴도 엉긴다.

세차게 부는 바람에 떨어지지 않도록 그 나무를 꽉 붙잡고 매달리니, 심장 박동도 빨라지고 지쳤다. 나날이, 차근차근 하자며 주의하는 일도 게을리한다. 사람의 마음은 확실히 날씨에 좌우된다. 맑은 날인지 비 오는 날인지, 이쪽인지 저쪽인지, 옳은지 그른지.

아주 속수무책이구나.

하늘 아래 서서 기지개를 켜고, 땅에 쭈그린다. 상처를 받았다면 상처를 주었다는 것. 뒤쪽의 정면은 늘 동시에 존재한다. 개미여도 사람이어도, 알 수 없다.

올해는 늦게까지 더웠으니까, 모두 오랫동안 열을 들이마셨다. 항아리는 아무 말 없지만 필시 바짝 말라 있을 것이다. 논과 밭작물에도 영향이 있으니, 마음과 몸에 지장이 생기는 게 당연하다.

어제는 입동이었다. 드디어 노란 잎을 보았다. 어쩌다 보니 가을걷이를 발견했지만, 스웨터를 입고 있으면 아직 땀이 난다.

이런 것들이 시작되기 바로 전의 일들을 우물쭈물 이야기하며 아키즈키를 베어 물었더니, 게임이 되었다.

지금부터 긍정적인 이야기만 할 것, 주제는 개구리.

"친구인 오카모치 씨가 3년 전 겨울에 초록색의 작은 개구리 인형을 주었어요. 오카모치 씨는 개구리를 엄청나게 좋아해서 전 세계의 다양한 개구리를 가지고 있어요. 제가 받은 건 일본의 개구리였어요. 탁구공을 연두색 펠트로 감싼 것으로, 작고 가벼우면서 따뜻하고 동글동글했는데, 그러니까 친절과 같은 모습을 하고 있었지요. 처음으로 혼자 해외에 가니까, 무사히 잘 갔다 오라며 주었어요. 매일 주머니에 넣고 다녔어요. 그 덕분에 별일 없이 돌아올 수 있었어요."

"다행이네요."

밤을 지새우며 그리운 개구리 인형과 보낸 겨울 이야기를 마치고, 푹 잤다. 여행의 꿈은 꾸지 않았다.

기(気)는 마음, 병은 기로부터. 지금까지 줄곧 말을 마음에 가까이 다가가게 하려고만 했다.

그만둘 때도, 슬플 때도, 그 마음에 가장 가까운 말을 응시했다. 누구에게 맹세한 것도 아니다. 주인은 마음, 말은 언제나 종이라면서 의심조차 하지 않았다.

하지만 몸은 아주 쉽게, 게임에 홀딱 넘어가 기뻐했다. 말이 사람을 이끈다. 지금까지는 이렇게 자기암시까지 하며 세상에 임해왔으니 섬뜩하다. 가끔 기운이 있을 때라면, 완전히 벌거숭이가 되어 맞서야지만 진정한 기쁨을 얻을 수 있다. 어찌 되었든, 그러면 안 된다고 어리석다며 다그쳐 왔으니, 몸에 좋았을 리도 없다.

오늘은 하루 종일 비가 내리는 화요일. 늦잠을 자서 체조를 건너뛰었기 때문에, 다림질과 청소를 하며 땀을 빼고 베란다에 있는 화분을 갈면서 평상시와 보조를 맞추었다.

어제는 비가 내릴 듯하면서 내리지 않아 스웨터를 그늘에 말리기 좋은 날이었다. 세탁한 뒤, 살짝 말랐을 때 다리미 증기를 대어 걸어두었다.

스웨터를 개는데 다시 기분이 가라앉는다. 한숨을 쉰다.

"새끼손가락 약속합시다."

하얀 새끼손가락을 바라본다. 투명한 보라색, 잘 손질된 손톱이 반짝였다. 마지막으로 손가락을 건 게 언제였지. 떠올리지 못한 채, 주저주저하며 손가락을 뻗었다. 손거스러미가 부끄러웠다.

손을 잡고, 손가락을 걸고, 세게 잡는다. 멍이 생길 정도로. 혼자 할 수 없는 이런저런 것에서 모두 멀어졌지만, 새끼손가락 약속만큼 멀어져 있지는 않았다.

새끼손가락 걸고 약속, 거짓말하면 바늘 천 개 삼키기.

유치원 최연소반 시절, 매일 아침 약속했다. 오늘은 울지 않겠다고 맹세하고 지키지 않았다. 재작년 도호쿠에 있는 절에서 지옥 그림을 보았을 때, 삼키지 않은 바늘이 억 개보다 더 많다는 걸 깨닫고 움찔했다. 죽으면 지옥에서 억지로 먹이겠지.

지난주에 손가락 약속을 한 것은 뜨개질 교실에서였다. 그곳에는 바늘이 천 개, 만 개나 있다. 오랫동안 게으름을 피우며 방치했던 카디건을 다음 수업까지 완성하겠습니다, 작은 목소리로 말하고 말았다.

실이 너무 가늘었다. 실 세 가닥을 한 가닥으로 만들어 뜬다. 서툰 뜨개 문양이 있었다. 뜨는 도중에 바늘 두께도 달라진다.

한 번에 해야 할 게 너무 많아 뒤로 미루어 왔다. 주제 파악을 못 했구나, 더 간단한 것을 하면 좋았을 텐데. 속을 태우며 바늘과 실을 집어 들지만 요만큼도 재미있지 않다.

새로운 숙제도 끊임없이 나왔다. 손재주가 좋은 동급생 친구들은 차례차례 완성해 가니, 부러울 따름이다.

십이 간지도 네 번이나 돌았지만, 유치원 그림엽서나 도시락 먹는 시간도, 아무것도 모른다.

당연히 이제는 자지러지게 울다가 천식을 일으키지는 않지만, 뽀로통해진 얼굴을 숨을 들이쉬고 내쉬며 진정시키고 다시 손을 움직인다. 뒤처져서 서두르다가 엉키는 실에 짜증을 내니 한심하다. 좋아하는 일일수록 잘하게 된다는 말과는 거리가 멀다. 그만두기 싫어서 다닐 뿐이다.

"지기 싫어하는 성격이라니까."

얼마 전에 이 말을 듣고 풀이 죽었지만, 정답이었다. 지기만 하는 지기 싫어하는 사람도 있을까? 그런데 주변에는 그런 것들만 남았다.

꾸준히 하는 일은 적은데, 손을 놓은 것은 너무 많다. 기가 찬다.

유치원에서는 발레, 초등학교에서는 서예와 그림엽서, 중학교에서는 피아노, 고등학교에서는 그만둘 게 없을 정도로 하는 일 없이 보냈다.

대학교를 졸업하고 금관 악기를 그만두었고, 서른다섯 무렵에 드디어 회사를 그만두었다. 회사를 그만두자

도시락을 싸지 않게 되었고 연하장도 쓰지 않게 되었다. 아프면서는 수영을 그만두었고, 훌라춤은 겨울에 맨발로 추어야 하는 게 힘들어 그만두었다. 올해는 꽃꽂이 교실이 없어졌다. 술은 마시지 않는 날이 늘어, 약해졌다.

나이가 들수록 그만둘 때마다 수선스럽다. 오래된 수첩의 주소록에 적혀 있는, 더 이상 만나지 않는 사람들. 그대로 만나지 않게 된 사람들. 울고 화내고, 조약돌을 발로 차며 애먼 곳에 분풀이하다 부딪혀 멍투성이였던 날들이 오래 이어졌다.

그런데도 아직 있으려나. 듬성듬성 비어 있는 방을 둘러본다.

그만두면, 후련하고 편해질까? 홀라당 넘어갈 뻔했다.

술, 연애, 경마. 단번에 끊을 수 있다면 멋있겠지.

멋쩍어서 웃으면, 연락이 온다. 기다리고 있었구나, 하고 생각하겠지 싶다. 이 연락 덕분에 오늘은 아직 그만두지 않는다.

술이 센 사람과 마시면 그럭저럭 안 취하고 있을 수 있는데, 약한 사람과 마시면 금세 취한다. 술의 흐름의 기복은 좀처럼 감을 잡을 수 없어 재미있다. 젊고 아름다운 사람과 술을 마실수록 흠뻑 취한다. 누구와 마시는지에 따라 취하는지도 모른다.

바자회에 너무 많이 나갔다. 다른 사람에게도 너무 많

이 주었다. 그런데 아직도, 옷을 갈아 있을 때마다 이제 안 입을 것 같은 옷이 있으니, 작년과 올해의 마음 따위 마치 다른 사람 같다.

만나고 싶은 사람과 만날 수 있고, 구멍이 생겼어도 아직 입고 싶은 스웨터가 있고, 좋은 음악은 무진장 많다. 지금은, 어제 먹은 아키즈키 덕분에 배도 든든하다.

새끼손가락 약속을 지키면, 12월이 온다.

올해와 내년이라면, 완전히 다른 사람이 되어 있겠지.

듣다 きく

쓰다 만 털실을 둥글게 감는다.

빨간색, 보라색, 검은색, 갈색, 초록색. 정말 두꺼운 실부터 아주 얇은 실까지 실 두께별로 분류한다. 오랫동안 뜨다가 방치한 무릎 담요를 뜨기에 좋은 실만 따로 챙겨두고, 나머지는 비닐봉지에 가득 담아 빈 상자에 넣었다. 책상 위에는 1미터도 되지 않는 실만 꿈틀꿈틀 남았다. 산더미 같은 숙제를 끌어안고 해를 넘기는데도, 다른 일만 하고 싶다.

선생님, 정말 죄송합니다. 전부 이어서 코바늘로 동그랗게 하나 떴다.

요리할 때도 똑같다. 조금씩 남는다. 일부러 남길 때도 있는데 냉장고에서 어쩌다 불쑥 나오면, 채소와 지혜 겨루기를 하고 싶어진다. 당근 하나를 어떻게 하면 전부 다 쓸 수 있을까 고민하기보다 5센티미터 정도 남은 끝부분을 어떻게 할까 궁리하는 게 궁상맞으면서 재미있다. 그래서 냉장고에는 끝부분만 모아놓은 복주머니가 하나 있다. 대부분 시들시들하기 때문에 자르다 손가락을 베일 때도 있으니 복인지 재앙인지 모르겠지만, 어느 쪽이든

쩨쩨하다.

이불을 널었고, 낫토와 밥을 매일 먹었으며, 맥주도 마셨다. 팔은 저리고 궁핍과 질병에서 헤어나지도 못하고 지각으로 계속 사과하는 날들이었지만, 뜨개질도 계속했다. 바늘 천 개를 삼키지 않고 해를 넘길 수 있다.

대청소는 포기하는 것을 포기하고, 할아버지와 할머니 사진에 쌓여 있던 먼지를 털어낸 뒤, 꽃만 바꾸어 놓았다. 노란색과 보라색 소국화는 할머니가 쓰던 물컵에 그려져 있던 그림이었다. 죽철초가 환하다.

12월은 특히 목소리가 늘어나고 귀는 사방에서 끌어당겨, 아무것도 하지 못하고 하루가 끝난다.

이것이야말로 내가 살고 있는 세상이 주는 고마움이라고 알지만, 일몰폐문(日没閉門)은 하지 못할망정, 오히려 날이 저물면 문이 이윽고 열린다. 꿈은 밤이 되어도 열릴 낌새가 없다. 도망칠 곳은 좁아지기만 한다.

목소리가 큰 사람은 참 좋겠네. 한껏 비뚤어져서 한숨을 쉬었는데 그 소리에 익숙해져 있었다. 좋지 않다. 지쳐서 잠들기를 기다리며, 절 동네를 걷는다.

그러고 보니 단고언덕(団子坂)에서 네기시(根岸), 이나리초 근처 풍경 속에서는, 언제나 옷을 두껍게 껴입고 하얀 입김을 내뱉고 있었다.

죽은 사람은 고맙다. 늘 침묵을 지켜주니까. 죽은 사람만 있어준다면, 어떻게든 할 수 있다. 납골할 때, 할머니의 뼈는 완전히 가루가 되어 지문을 하얗게 물들였다. 바람에 날아가 북풍과도 섞였다. 죽는 일은 대단하다고, 멋진 일이라고 했다가 혼이 났다.

우구이스요코초(うぐいす横丁)는 사방이 러브호텔이다. 길을 잃어가면서 시키안(子規庵)[1]에 다다른다. 오랜만에 보는 병상 6자(尺)의 좁은 다다미방. 주변을 둘러싼 호텔의 틈새에서 비추어 들어오는 빛의 색을 보며 조금 앉아 있다 돌아왔다.

"아무리 나이를 먹어도 죽는 건 무섭더라. 이제 죽어도 여한이 없다 싶어도, 정작 닥치면 역시 두려워."

엄마는 몸이 안 좋았다. 한 군데 안 좋아지니 줄줄이 안 좋아져, 매일 전화로 이렇게 말했다. 매일 듣다 보니 12월 14일 침격의 날[2]이 되어 기라 님[3]에게 송구스러웠다.

---

1 메이지시대 하이쿠 시인, 국어학연구가 마사오카 시키(正岡子規)가 살았던 집 부지에 있는 자료관이다. 시키는 1894년 도쿄 다이토구 네기시로 이주해 병상 겸 서재, 하이쿠를 만들고 읊는 장소로 시키안을 지었다. 시키는 스물둘에 폐결핵에 걸려 서른다섯에 세상을 떠났으며 투병 생활을 담은 『병상 6자(病牀六尺)』라는 책을 남기기도 했다. 시키는 자신이 결핵으로 피를 토하는 모습이 마치 두견새가 울다가 피를 토하는 것 같다고 해서 두견새의 한자 표기를 호로 삼았다.

2 1702년 12월 14일 아코번의 주군 아사노 다쿠미노카미(浅野内匠頭長矩)를 잃은 47인의 아코기시(赤穂義士) 무사가 에도 혼조마쓰자카초(本所松坂町)에 있는 기라 저택에 습격해 주군의 복수를 달성한 날이다. 매년 12월 14일 전후로 도쿄도 미나토구 다카와에 있는 센가쿠절(泉岳寺)이나 효고현 아카시시 오이시신사(大石神社) 등에서 의인들을 기리는 '기시사이(義士祭)'가 열린다.

3 에도시대 명문가의 무사 기라 요시히사(吉良義央)를 말한다. 겐로쿠 아코사건의 중심인물 가운데 한 사람이다. 이 사건을 소재로 한 창작 작품 『주신구라(忠臣蔵)』에서는 악역으로 그려질 때가 많다.

주신구라(忠臣蔵)[4]를 볼 때마다 숯 창고에 숨어 있는 기라 님에게 악담을 퍼부었다. 꼴좋다, 나이 들어서 꼴사납네. 깨끗하게 체념하지 못하다니.

이런 생각이 들게 하려고 쓴 게 아니라, 그게 사람의 당연한 모습인데도 아코기시(赤穗義士)의 위세를 빌려 악담을 퍼부었다. 그런 비겁한 눈은 부끄럽고 섬뜩하다. 옛날 글쟁이는 사람을 관찰하는 데 선수였다.

사람은 결정적인 순간에 모두 꼴사납다. 그런 꼴을 보여 부끄럽다고 반성할 틈도 없이 여기저기로 가버린다. 잘난 척하며 뒤로 젖혔던 허리가 꺾여서 다행이다.

침략의 북[5]과 승리의 함성에서 딸랑딸랑 방울이 울리는 크리스마스로 바뀐다. 도시의 소리도 동서고금 다르다. 그런데 이번 겨울은 어쩌나 따뜻한지, 너나 할 것 없이 진짜 12월인가 하고 고개를 갸우뚱한다. 절기는 꿈속에서처럼 미덥지 못하다.

근처 가게에는 누에콩이 나왔다. 그것도 이미 다네가섬(種子島)에서 가고시마산으로 바뀌어 있었다.[6] 뉴스에서 매화꽃이 피었다는 둥, 개나리가 피었다는 둥, 휘파람

---

4 1702년 무사 46인이 주군의 원수를 갚은 아코사건을 소재로 한 전통음악극 조루리(浄瑠璃)와 가부키(歌舞伎) 등의 작품을 말하며, 연극이나 영화의 소재로도 자주 사용된다. 정식 명칭은 가나데혼초주신구라(仮名手本忠臣蔵)다.

5 주신구라에서 47인의 아코기시 무사가 기라 저택을 습격할 때 북을 치며 들어간다.

6 일본에서 누에콩 생산 시기는 3-6월인데 다네가섬은 다른 지역보다 기후가 온난해 1월부터 출하한다. 글에서 12월인데도 다네가섬 누에콩이 출하되었다가 가고시마섬 누에콩으로 바뀌어 있었고, 개나리나 매화꽃이 피었다는 것으로 보여 다른 해보다 날씨가 따뜻했다고 짐작할 수 있다.

새가 울었다는 둥 했다고 젊은 주인이 말했다. 깜짝 놀란 건, 길에 있던 매미였다. 너무 늦게 나와, 날개도 작았다. 만졌더니 움직여서, 이 근처에서 가장 커다란 벚나무에 옮겨 주었다. 줄기에 놓으면 떨어질 테니 뿌리 부근에 올려놓고 왔다.

"은행나무, 이제 겨우 정월을 맞이했는데 말이야."

옆에서 따뜻하게 데운 술을 마시던 아저씨가 말한다. 그러고 보니 대로변 가로수는 지난주가 절정이었다. 무엇이든지 한창때를 정월이라고 하니, 경사스럽다. 벚나무는 4월, 수국은 6월, 해바라기는 8월이 정월이다. 사람이라면 생일이 설날. 그 매미는 지난 일주일이 생애 딱 한 번뿐인 정월이었겠다.

이렇게 매일 밤 목소리나 한숨, 눈썹의 찡그림, 훨씬 더 미세한 눈짓, 어깨의 경사, 팔짱을 끼고 풀며, 몸 여기저기를 누군가나 무엇인가에게 드러낸다.

분명 마음이라는 것은 한곳에만 존재하지 않고, 한 번에 여기저기로 촉각을 뻗친다. 야구라면, 천 번의 펑고 (Fungo)[7]를 한 번에 치고 천 개의 공을 동시에 잡는다.

지치는 게 당연하다. 살아 있는 것만으로도 엄청난 일이니까. 이런 생각이 들자, 가장 가까이에 있는 소리를 듣고 있지 않았다고 깨닫는다. 심장 박동에서도 호흡에서

---

7 야구에서, 야수의 수비 연습을 위하여 공을 쳐 주는 일. 또는 타격 연습을 위하여 공을 치는 일.

도, 늘 귀에 손가락을 집어넣으면 들려오는 혈류에서도, 눈 깜박임에서도 떠나 있었다. 두려워져서 휘파람을 불었다. 밤길에 뱀이 나오면 오히려 고마울 것이다. 아직 죽는 일은 무섭다.

"징글벨, 징글벨, 흰 눈 내린다."

골목길에서, 할머니가 뒷짐을 지고 노래를 부르고 있었다.

그 할머니는 재작년까지 오코노미야키 가게를 하고 있었다. 아들이 세상을 떠나 이제 이 골목은 완전히 캄캄해졌지만, 찢어진 붉은 초롱을 한참 바라보았을 때의 연기 냄새가 났다. 엄청나게 크고 시끄럽던 환기구. 그것이 점점 뒤로 멀어지며 다시 조용해진다. 길게 늘어진 그림자는 밤처럼 진하다.

기억은 귀를 한곳에 집중해 더듬어 간다. 옛이야기를 들을 때, 사람은 단단히 준비하고 한 곳만 응시하거나 눈을 꼭 감는다.

보는 것은, 지금을 과거로 데려다준다. 듣는 것은, 과거를 지금으로 데려온다.

듣는 방식도 점차 달라져, 목소리나 말보다 음 하나하나 사이의 침묵이 더 선명하다. 그 길이나 다변(多弁)에는 궁합이 있으니, 음악 취향이 꽤 바뀌었다. 그것이 나이 탓인지, 뭐든지 허용되는 세상 덕분인지는 알 수 없다.

다양한 소리가 똬리를 틀수록, 보이지 않는 덩굴은 의미가 없는 쪽으로, 순서와 상관없는 쪽으로 뻗어나간다. 사람은 어디까지 배배 꼬일 수 있을까. 한숨이 나온다.

맞닥뜨린 고양이가 삼각형 귀를 쫑긋 세우고 눈을 깜빡인다.

무슨 소리 듣고 있어? 말을 걸자 대답도 하지 않고, 빌딩 틈새로 꾸역꾸역 몸을 비집고 들어갔다.

거기에 뱀이 있구나.

춤추다 おどる

줄곧, 자고 있어도 울고 있어도 이어진다. 신호가 깜빡여 서둘러도, 쭈그리고 쓰레기 봉지를 묶어도, 우동에서 올라오는 김에 콧물이 흘러도 멈출 수 없다. 죽을 때까지 벗어날 수 없다는 운명은 모두 똑같다.

　빨간 꼬까옷 입은　귀여운 금붕어
　잠에서 깨면　맛난 것 줄게[1]

뽀로통한 얼굴을 하고 똑같은 억양으로 노래하며 파닥파닥 춤춘다. 빨간 타이츠, 하얀 타이츠. 모두 보풀이 일어나 있고, 엄지와 발뒤꿈치는 장식이 되어 있다. 붙잡혀서 무릎에 앉혀져 커다란 손톱깎이로 손톱을 딱딱 깎이는 게 싫었다. 노래하고 춤추면 모두 좋아했지만, 웃음거리가 되는 것은 기분이 나빴다.

오른쪽 팔과 왼쪽 팔을 가슴팍에서 가위 모양으로 교차시키고, 무릎을 두 번 굽히면서 고개를 기울인다. 금붕어는 자고 있으니까, 손바닥을 맞대 볼에 대고 눈을 감는

1　〈금붕어의 낮잠(金魚の昼寝)〉이라는 동요의 일부.

다. 눈을 뜨면, 양팔을 펄럭이며 한 바퀴 빙 돈다.

금붕어를 본 적이 없었다. 꼬까옷이 무엇인지도 몰랐다. 모르는 채로 펄럭펄럭하는 부분만 진짜 금붕어와 똑같았다.

50년 만에 춤을 춘다. 설국의 축축한 기둥. 싫어하는 우유를 마신 뒤 풍겨오는 수염의 냄새. 텔레비전에 천이 덮여 있었다. 어스름한 식탁 위에 놓인 달걀죽의 따끈따끈한 빛. 현관 옆 팔손이나무의 하얀 공. 금붕어가 되어 돌아다니면서, 야마가타(山形)의 집을 한 바퀴 빙 둘러보았다.

이 춤을 알려준 사람은 엄마의 사촌인 에미코 언니였다. 시집가기 전 한동안 함께 살았다고 한다. 엄마와 자매처럼 자랐고 얼굴도 정말 닮았다. 나중에 생물 시간에 완두콩 유전을 배웠을 때, 칠판에 두 사람의 둥근 얼굴을 나란히 놓았다.

그래서 기억 속 두 사람은 자주 뒤섞여 있다. 확인해보면, 상냥했던 사람은 늘 에미코 언니였고 화를 내던 사람은 엄마였다. 에미코 언니는 그런 이야기도 나누지 못하고 돌아가셨다.

빨간 새 작은 새
왜 왜 빨갈까

빨간 열매를 먹었지[2]

이번에는 유치원 정원에서 모두 함께 춤을 추었다. 양팔은 날개가 되고, 발뒤꿈치를 교대로 지면에 대었다. 가슴팍에서 팔로 가위 모양을 만든 뒤, 손바닥을 별처럼 만들어 반짝반짝 움직이면서 팔을 돌렸다. 그림책을 보고 새에 대해 알았다. 유치원에는 수유나무나 남천, 벚나무도 빨간 열매를 달고 있었다.

여름방학에는 오본(御盆)에 본오도리(盆踊り)[3]를 추었고, 초등학교 운동회에서는 하나가사온도(花笠音頭)[4]나 오클라호마 믹서(Oklahoma Mixer)[5], 마임마임(Mayim Mayim)[6]도 추었다. 체육 시간에는 모두 화산의 용암이 되어 펄쩍펄쩍 뛰었다.

다음에는 핑크 레이디 놀이를 하자. 있지, 이상한 놀이가 떠올랐어. 공원에서는 언니들이 손을 잡아끌었다. 발표회도 본오도리도, 모두와 함께해서 즐거웠다. 줄곧 사람들 틈에서, 누군가에게 이끌려 춤을 추었다.

---

2 〈빨간 새 작은 새(赤い鳥小鳥)〉라는 동요의 일부.

3 일본의 대표 명절인 오본(御盆) 바로 다음 날 밤에 사람들이 모여 춤을 추는 민속놀이다. 오본 명절은 양력 8월 15일 전후로 나흘 동안 지내며, 한국의 추석에 비할 수 있다.

4 야마가타현 민요로 8월 5일에서 8일까지 열리는 하나가사축제(花笠まつり)에서 노래하면서 춤춘다.

5 일본의 초등학교나 중학교에서 열리는 운동회, 발표회 등에서 자주 추는 포크 댄스다.

6 사막에서 우물을 팠을 때의 기쁨을 나타낸 노래다.

가르침을 받고, 곁눈질하며 따라 하고, 배운다기보다 익숙해지면 돼. 틀리고 실수하고, 실망하고, 겸연쩍어서 앞니를 다 드러내고 웃었다. 외워지지 않아 화를 내고, 잘하는 사람을 질투하며 비뚤어지기도 했다. 그러니 중간에 멈추지 않고 하게 되면 기뻤다.

드디어 출 수 있게 되었다.

마음을 놓고, 바짝 긴장한 손등을 보니 푸른 혈관이 자벌레처럼 꿈틀거리고 있었다. 속눈썹은 제멋대로 빠져서 눈을 찌른다. 눈물을 글썽인다. 어깨는 결리고, 이마는 화끈거린다. 눈꺼풀은 오른쪽만 부르르 떨리고, 왼쪽 발바닥만 차갑다. 현미경으로 보면 더 잘 보이겠지. 조용한 음악에 젖어 말을 곧이곧대로 들을 생각도 없고, 피부는 벗겨지고, 손톱이나 머리카락은 점점 자란다.

온몸은 무의식 무자각, 누구에게도 들키지 않고 춤을 춘다. 한 그루 나무는 새싹이 날 때부터 낙엽이 질 때까지, 1년 내내 새나 나비나 버섯이나 모르는 균이 살 수 있도록 한다. 사람도, 집에서 키우는 고등어 태비가 기다란 촌충을 토해낸 것처럼, 분명 많은 것을 키우고 있다.

거울에 비추면, 시야가 얼마나 좁은지, 마음대로 움직일 수 있는 골격근이 얼마나 적은지만 알려준다. 뒤쪽 정면에서 주뼛주뼛, 처음 뵙겠습니다. 50년 평생 함께여도 그런 점이 있다. 게다가 머리는 어리석어서, 현관에서 나오면 서툴기 짝이 없는 춤 자체를 잊고, 마치 몸과 마음을 지배하듯 행동한다. 잠에서 깬 금붕어, 입을 뻐끔뻐끔. 우왕좌왕 펄럭이는 사이, 알려주던 사람을 놓치고 말았다.

추려는 마음 없이 추다 보면, 몸은 생명을 지녔다고 떠올리게 된다. 여기저기에서 울리는 소리는 둘 곳 없는 마음을 투영한다. 화를 내고, 화풀이를 하고, 불안에 휩싸이면, 호흡이 가빠져 공기로 꽉 찬다. 후우. 작은 구멍으로 거품을 뿜어낸다.

홀로 춤춘다. 누군가와 춤춘다. 모두와 원을 이룬다. 일사불란한 군무일수록, 한 사람, 한 사람이 똑똑히 보였다.

갈지자걸음, 냄비에 소금 한 꼬집. 이불을 파고들어 다리 사이에 유탄포를 끼워 넣는데 손을 사용하지 않는다. 물을 뒤집어쓰면 파인 쇠골에 연못이 생기고, 작은 금붕어는 물방울과 넘쳐흐른다. 목덜미는 오른쪽만 간지럽다. 발의 물갈퀴가 퇴화하지 않은 이유는, 간지러워서 기분이 좋으니까. 피부는, 좋을 때도 싫을 때도, 소름이 끼친다. 얼음덩어리를 깨는 소리, 칠판을 긁는 소리. 언젠가의 무언가에 비명을 지르거나 황홀해하면서 분주하다.

입술과 혓바닥, 메롱 하며 보여주는 눈의 결막. 모조리 다 재미있다. 다시 만난다면, 다음에는 무얼 하며 놀까? 재미있으면서 따뜻한 것, 숨을 헐떡이면서 깜짝 놀랄 만한 일, 가르쳐 주거나, 배우거나, 기뻐한다. 혼자서는 알 수 없는 일을 몸과 몸끼리 의논하면서, 말을 내팽개치면서, 살아 있다는 증거를 주워 하나로 모아 꼭 안고 흠뻑 젖는다.

라디오 체조를 하다 보면, 지금이 1절인지 2절인지 알 수 없게 된다. 어디까지 했더라. 그런데도 몸은, 머리는 놔두고 피아노에 맞추어 계속해서 움직인다. 오늘 하루도 활기차게[7]. 끝까지 제대로 잘 끝냈다.

잠에서 덜 깼을 때도 있고, 쓰다 만 글이 마음에 걸릴 때도 있다. 신기한 것은, 그런 날일수록 기분이 좋다. 몸에서 먼저 의식이 빠져나간다. 무아의 경지가 이런 보잘것없는 것인지는 잘 모르겠다. 하나 둘 셋. 몸과 마음 어딘가의 연못에 뛰어든다.

어느새 시간이 훌쩍 흘러 있을 때도 자주 있었다. 그럴 때는 우주인에게 납치된 것이라고 하던데. 그런 상태에서는 시간이 멈추고, 모두 완전히 멈추어 있으니까 누구도 알지 못한다. 그런데 여기에, 다 마신 커피잔 두 개.

의자의 다리 커버, 깍둑썰기한 우엉 한 개. 오늘 쓴 세 장의 글. 우리 집에 우렁각시는 없지만, 다 되어 있다. 매일 그렇다면 고맙겠다.

---

7 일본의 라디오 체조는 한국의 국민 체조와 비슷하며, NHK 라디오 체조는 마지막에 끝날 때 '오늘 하루도 활기차게 보내세요(今日も一日をどうぞ元気に過ごしてください)'라고 말하며 끝난다.

올해는 남남동. 에호마키(惠方巻)[8]를 먹기 전에 그런 이야기를 했다. 라디오를 끄고 묵묵히 베어 물었다. 오장육부와 여자의 육감이 고요한 방에서 부지런히 움직였다.

정리하거나 흐트러지고, 딴 곳에 정신이 팔린 채 제멋대로 지껄이며 응시한다.

다루마상이 넘어졌다.[9] 몸이 꼬이고 마음은 멈춘다. 부둥켜안고 빙글빙글 돌며 정신없이 춤을 출 때는 언제고 딴청을 부린다. 그건, 무언가를 감추고 있는 게 분명하니, 몰래 엿보며 수집해 간다.

내일 약속 어떻게 할까? 짧은 문장에 보조개가 파인다.

약속을 변경해 주세요. 미간이 경직되고 차갑다.

민민(眠眠)[10]의 교자, 정말 맛있겠지. 배가 무언가 호소한다.

한마디 말로 오늘이 시작되어, 손에 잘못 쥔 채로 펜을 든다. 목소리보다 글자가 늘어나면, 차가운 볼보다 언젠가의 사진을 어루만지며 지금을 가장 희미하게 만든다. 눈이 흐릿해질수록, 되도록 침묵하고 싶어지는 날이 늘어난다.

어디에서 와서 어디로 가는가. 언어의 일은, 여행.

8　절분에 그해 운세가 좋다고 정해진 방향을 보고 김밥과 비슷한 마키스시를 먹는 풍습이다. 이때 말을 하지 않고 마지막까지 멈추지 않고 먹는다.

9　한국의 '무궁화꽃이 피었습니다'와 비슷한 놀이.

10　교자를 중심으로 중화요리를 판매하는 체인점.

그 누구도 바꿀 수 없는 오늘을, 검은 신을 신고 춤추었다. 젊지 않고 아름답지 않고, 굳어버리거나 뒤틀리거나 불룩해지거나 처지거나 하는 건 이미 잘 알고 있다. 삐걱거리는 것을 어르고 달래, 누구에게도 기대지 않고 춤춘다. 잘하지 못하면서, 포기하지 않는다. 일그러진 채 떠오르는 대로 맡기고, 심술궂은 언어의 영력들에게 비웃음을 당하면서, 녹신녹신 지우고 다시 늘어놓는다. 핥다, 달라붙는다, 입에 문다, 올라간다, 떨어진다, 멍해지다, 잠들다. 잃는다, 빌다, 운다, 날뛰다, 포기하다, 울다, 자다, 일어서다. 먹다, 쓰다. 춤은, 모든 동사와 동등해진다.

살짝 무릎을 굽히는 것은, 플리에. 더 낮고 깊게 굽히면, 그랑 플리에. 머리 위에서 투명한 실이 내려온다. 숨을 모은다.

오늘 아침은 쌀쌀해서 손발이 굳고 잘 움직여지지 않아, 일출 방향조차 알 수 없었다. 그렇게 라디오 체조 시간을 놓쳤다.

몸에서 벗어나 우물 바닥에 잠들어 있던 말을 퍼 올린다. 한 줄이 한 장이 된다. 매일 퍼 올려도, 누구에게도 다 전해줄 수 없다. 그렇게 단념했을 때, 가장 읽어주기를 바란 것은 마음이라고 깨달았다. 쭈그리고 앉아 돌을 뒤집었을 때 수많은 벌레가 나타난 것 같은, 답과의 대면이었다. 이것은 아니야, 이것은 어떨까, 더 딱 맞는 게 있을 거야, 반드시. 모르는 수신인의 주소를 손에 쥔 채로, 아등바등 찾으러 다녔다.

　마음과 몸은 하루만 쉬어도 서툴러진다. 계속하다 보면, 하나로 뭉쳐져 풀밭을 굴러다닐지도 모른다. 어떤 나무가 있는지, 날씨는 좋은지, 보고 싶으니 그만두지 않고 있다.

　횡단보도에서 멈추었더니, 운전자와 눈이 마주쳤다. 오른손에 주먹밥을 들고 있었다.

　가세요. 왼손으로, 반대편으로 건너라고 재촉했다.

　고마워요. 살짝 뛰어서, 건너가 춤춘다.

옮긴이 **서하나**

언어도 디자인이라고 여기면서 일한 번역가이자 출판 편집자를 오가며 책을
기획하고 만든다. 『노상관찰학 입문』『초예술 토머슨』『저공비행』『나는 도레
미』『좋아하는 일을 하고 있다면』『느긋하고 자유롭게 킨츠기 홈 클래스』등을
우리말로 옮겼으며, 『이상하게 그리운 기분』(공저)을 썼다.

몸과 이야기하다, 언어와 춤추다
からだとはなす、ことばとおどる

1판 1쇄 2024년 6월 5일

지은이 이시다 센
사진 이시이 다카노리
역자 서하나
펴낸이 신승엽
펴낸곳 1984BOOKS

편집 신승엽, 서하나 · 북디자인 신승엽

주소 전북 익산시 창인동 1가 115-12
전자우편 1984books.on@gmail.com
전화 010.3099.5973 · 팩스 0303.3447.5973
인스타그램 @livingin1984 · 페이스북 /1984books

ISBN 979-11-90533-44-7 03830

잘못된 책은 구입하신 서점에서 교환해 드립니다.

1984BOOKS